SHIJIE SANWEN
JINGPINJI CONGSHU

WENXIN YU GUANGMING

温馨与光明

本书编写组◎编

世界图书出版公司
广州·北京·上海·西安

图书在版编目（CIP）数据

温馨与光明／《温馨与光明》编写组编 . —广州：
广东世界图书出版公司，2010. 8 （2024.2 重印）
ISBN 978－7－5100－2617－1

Ⅰ. ①温… Ⅱ. ①温… Ⅲ. ①散文－作品集－世界
Ⅳ. ①I16

中国版本图书馆 CIP 数据核字（2010）第 160320 号

书　　　名　温馨与光明
　　　　　　WENXIN YU GUANGMING
编　　　者　《温馨与光明》编写组
责 任 编 辑　张梦婕
装 帧 设 计　三棵树设计工作组
出 版 发 行　世界图书出版有限公司　世界图书出版广东有限公司
地　　　址　广州市海珠区新港西路大江冲 25 号
邮　　　编　510300
电　　　话　020-84452179
网　　　址　http://www.gdst.com.cn
邮　　　箱　wpc_gdst@163.com
经　　　销　新华书店
印　　　刷　唐山富达印务有限公司
开　　　本　787mm×1092mm　1/16
印　　　张　13
字　　　数　120 千字
版　　　次　2010 年 8 月第 1 版　2024 年 2 月第 11 次印刷
国 际 书 号　ISBN　978-7-5100-2617-1
定　　　价　59.80 元

 前　言

　　散文是与诗歌、小说、戏剧并称的文学样式，素有"美文"之称，包括随笔、游记、杂文、书信、回忆录、小品、评论、日记、通讯等多种形式。散文可以描绘秀美山川，可以怀念田园牧歌，可以赞美至爱亲情，也可以展示个人的生活情调，其形式自由、篇幅短小、取材广泛、写法灵活、语言优美，能比较迅速地反映生活，深受人们喜爱。

　　散文可以分为叙事散文、抒情散文、写景散文、哲理散文四类。叙事散文以写人记事为主，对人和事的叙述和描绘较为具体、突出，侧重从叙述人物和事件的发展变化过程反映事物的本质，具有时间、地点、人物、事件等因素，同时表现作者的认识和感受，带有浓厚的抒情成分，字里行间充满饱满的感情；抒情散文注重表现作者的思想感受，抒发作者的思想感情，通常没有贯穿全篇的情节，具有强烈的抒情性，它或直抒胸臆，或触景生情，洋溢着浓烈的诗情画意，即使描写的是自然风物，也赋予了深刻的社会内容和思想感情，具有强烈的艺术感染力；写景散文以描绘景物为主，多在描绘景物的同时抒发感情，或借景抒情，或寓情于景，抓住景物的特征，按照空间的变换顺序，运用移步换景的方法，把观察的事物的变化作为全文的脉络，借助生动的景物描绘烘托人物的思想感情；哲理散文则是感悟的参透、思想的火花、理念的凝聚、睿智的结晶，它纵贯古今，横亘中外，包容大千世界，穿透人生社会，寄寓于人生百态、家长里短，闪现思维领域的万千景观，善于抓住哲理闪光的瞬间，形诸笔墨，内涵丰厚、耐人寻味。总之，散文有"形散而神不散"、意境深邃、注重表现作者的生活感受、抒情性强、情感真挚、语言优美凝练、富于文采等特点。

另外，散文除了有精神的见解、优美的意境外，还有清新隽永、质朴无华的文采。经常读一些好的散文，不仅可以丰富知识、开阔眼界、培养高尚的思想情操，还可以从中学习选材立意、谋篇布局和遣词造句的技巧，提高自己的语言表达能力。希望我们精心选编的这套世界散文集能带给读者诸多收获。

编　者

目 录

温
馨
与
光
明

❖作者简介：

斯迈尔斯（1812 ～ 1904）　　　　英国作家。其代表作有《品格》、《职责》、《节俭》等。

🍃书　友

　　看一个人读些什么书就可知道他的为人，就像看一个人同什么人交往就可知道他的为人一样。因为世界上有与人为友的，也有与书为友的。无论是书友或朋友，我们都应该择其最佳者而从之。

　　一本好书就像是一个最好的朋友。它始终不渝，过去如此，现在仍然如此，将来也永远不变。它是最有耐心、最令人愉快的伴侣。在我们穷愁潦倒、临危遭难的时候，它也不会抛弃我们，对我们总是一往情深。在我们年轻时，好书陶冶我们的性情，增长我们的知识；到我们年老时，它又给我们以安慰和勉励。

　　人们常常因为同爱一本书而结为知己，就像有时两个人因为敬慕同一个人而交为朋友一样。古谚说："爱屋及乌"。但是，"爱我及书"这句话却有更深的哲理。书是更为坚实而高尚的情谊纽带。人们可以通过共同爱好的作家沟通思想感情，彼此息息相通。他们的思想共同在作者的著述里得到体现，而作者的思想反过来又化为他们的思想。

　　哈兹利特曾经说过："书潜移默化人们的内心，诗歌熏陶人们的气质品性。少小所习，老大不忘，恍如身历其事。书籍价廉物美，不啻我们呼吸的空气。"

好书常如最精美的宝器，珍藏着人的一生思想的精华。人生的境界，主要就在于他思想的境界。所以，最好的书是金玉良言的宝库，若将其中的崇高思想铭记于心，就成为我们忠实的伴侣和永恒的慰藉。菲利普·悉尼爵士说得好："有高尚思想做伴的人永不孤独"。

当我们面临诱惑的时候，优美纯真的思想会像仁慈的天使一样，纯洁并保卫我们的灵魂。优美纯真的思想也孕育着行动的胚芽，因为金玉良言几乎总会启发善行。

书籍具有不朽的本质，是人类勤奋努力的最为持久的产物。寺庙会倒塌，神像会朽烂，而书却经久长存。对于伟大的思想来说，时间是无关重要的。多少年代前初次闪现在作者脑海里的伟大思想今天依然清新如故。他们当时的言论和思想刊于书页，如今依然那么生动感人。时间唯一的作用是淘汰不好的作品，因为只有真正的佳作才能经世长存。

书籍引导我们与最优秀的人物为伍，使我们置身历代伟人巨匠之间，如闻其声，如观其行，如见其人。同他们情感交融，悲喜与共。他们的感受成为我们自己的感受，我们觉得有点儿像是在作者所描绘的人生舞台上跟他们一起粉墨登场了。

即使在人世间，伟大杰出的人物也是永生不灭的，他们的精神载入书册，传之四海。书是人们至今仍在聆听的智慧之声，永远充满着活力。所以，我们永远都是在受着历代伟人的影响，多少世纪以前的盖世英才如今仍同当年一样，显示着强大的生命力。

安诺德（1822 ~ 1888）　　　　　英国诗人、批评家。其代表作是《温馨与光明》。

温馨与光明

　　对于完美的追求即是对于温馨与光明的追求。一个人为着温馨与光明而效力，即是为着使理性与上帝的旨意得以承行于世而效力。而一个人为着机械淫巧而效力，为着加深仇恨而效力，则是为着制造混乱而效力。文化所能预见的要比机械淫巧深远得多，文化憎恶仇恨；文化有着一桩特别关心的事，即是关心温馨与光明。文化还有一个更大心愿——即是使温馨与光明能够承行于世。文化还将永远放心不下，除非我们个个都能成为完人；文化深知，少数人的温馨与光明必然不够理想，真正的理想是人类绝大多数浑朴未凿和未蒙教化的人们都能受此温馨与光明的沾润。如果说我曾毫不隐讳地公开扬言过我们应为着温馨与光明而奋力，那么我也曾同样毫不隐讳地公开扬言过我们应为广建一个宽博的基础，应当使温馨与光明为着尽可能众多的人而奋力。我曾不止一次申说过，何以到那时才会是人类最美好幸福的时候，才会是人们生活中最鼎盛卓越的世代，才会是一切文学艺术与创作才思百花盛开的季节，如果在生活与思想方面能够出现一个全民性的高涨；如果整个社会能够在很大程度上饱富思想，极具美感，聪明解事，生气蓬勃。只不过那思想与那美感，那温馨与那光明，则必须是真实无妄的东西。不少人给予他们所谓的群众的精神食粮，往往是按照这些人所设想的群众的实际情况而另番改制的。一般的通俗性文学即是他们为群众而服务的一个著例。不少人所用以启迪教育群众之种种思想与主张实是其一党一派的褊狭之见。我们不少教派与政党在其教化群众上所使用的便是这类方法。我并不责备他们，但却应当指出，文化所遵循的方法则完全不同。文化从不降低它的标准去勉强教育这些下层阶级；也不单凭一些现成的观点或标语口号去争取他们加入自己的某宗某派。它的目标乃是要消灭一切阶级，乃是要使世上一切最有价值的思想与知识能够到处畅行无阻，乃是要使一切人们生活于温馨与光明的气氛之中，借以能不受拘束地将种种思想运用到实际事务中去，正如文化自身所做的那样——换言之，亦即使人们得到思想的滋养之利，而无其束缚之弊。

❖**作者简介：**

哥尔德斯密斯（1730～1774）

英国诗人、散文家、戏剧家。其主要作品有小说《威克菲尔德的牧师》，戏剧《委曲求全》，散文《世界公民》等。

乡间晚会

　　住在伦敦的人喜欢散步，就好像我在北京的那些朋友喜欢骑马；这里的市民夏天主要的一项娱乐消遣，就是在夜幕降临的时候到离市区不远的哪座花园去走走，在那里散散步，亮亮他们的周身华服、满面春风，听听在那种场合的弦管歌喉。

　　前几天晚上，我接到了我一位老朋友、那位丧服人的请柬，邀请我参加晚会，到那里去吃顿晚饭，在约定的时间到他住的地方去拜访他。我到那里的时候，看到大家都已到齐，正在等我，我那位朋友衣着特别讲究，长袜摆弄得服服帖帖，那件黑色丝绒背心，却不像原来那样崭新锃亮的了，他那灰色的假发，就像真发一样梳理得整整齐齐。一位当铺老板的未亡人，身穿绿色的锦缎，每一个手指头上都套着三个金戒指；顺便提提，我这位朋友就是她的一位众所周知的崇拜者；那位二流的花花公子特布斯先生同他太太一道光临，他穿着廉价的丝绸、肮脏的罗纱而不是亚麻布，头戴一顶礼帽，大得像张着一把伞……

　　我们还未到达，就早已灯火通明，我不得不承认，一进入花园，我就完全感觉到，此行有我根本意料不到的欢畅愉悦；到处都是灯光烛影，在纹丝不动的丛树间闪烁；阵容齐全的音乐会突然爆响，打破了夜晚的沉寂；在树林深处，大自然的群鸟音乐会与音乐艺术形成的音乐会竞相争鸣；满座高朋盛装美服，显出满意的神情；每张桌子上都摆满了美味佳肴。一切都布置得令我想入非非，觉得好像享受到了阿拉伯法典制订的那种难以想象的幸福，令我赞美交加，如醉如痴。我的天哪，我对我那位朋友叫道，这真是精美！它把村野之美同庙堂之上的庄严宏伟结合在一起了；每棵树上都挂着不朽贞女的像，而且随意可以触及，如果除去这些贞女，我就看不出这里有什么赶不上穆罕默德的乐园了！谈到贞女，我的朋友大声说，在我们这儿的花园里，她们的确是一种并不丰富的果品；但是如果小姐太太都像秋天的苹果一样丰饶，全部像伊斯兰教园中的美女一样温柔顺从，能够让你们得到满足，那么我想，我们就没有必要去天上寻找乐园了。

　　我正要附和他的这番话，特布斯先生和其他的客人来找我们，商量采取什么方式，最好地支配利用晚间的这段时刻。特布斯太太主张在花园里温文尔雅地闲游漫步，她注意到，她老是有极好的伙伴随行；那位寡妇则相反，她上季节也不过只来了那么一次，于是主张找一个优越的地势，站在那儿观看喷泉，她向我们保证，最多不过一个小时，喷泉就要开始喷水了。这样一来就发生了争执，因为争执双方性格不同有如水火，所以，无论谁回一句嘴都势必使争执愈趋激烈。特布斯太太表示怀疑，一些人所具有的基本教养不过是从柜台后面学到的，这种人怎么能装得文质彬彬而又懂得一切呢；而另一位则反唇相讥；有些人固然是坐在柜台后面，可是她们也可以坐在自己桌子的上首，只要她们认为合适，就可以分割三盘美味佳肴，这比起那些连榫头、葱头和嫩鹅、鹅莓都分不大清楚的人来，总要高明一些吧。

　　要不是那位深知自己妻子生性急躁的丈夫出面，提议停止争论，转移到房间里去，看看可以吃点什么晚餐（大家都表示拥护），那就很难说，这场争执会闹出什么结果了……

特布斯先生此刻愿意证明他妻子自认精通音乐是确有道理的，于是邀请她为大家高歌一曲；但是她却断然拒绝，因为，你明明知道得清清楚楚，我亲爱的，她回答说，我今天嗓子不佳；一个人的嗓音如果不像自己认为的那样美好，那么唱起来有什么意思呢；而且又没有伴奏，这不简直是糟蹋音乐吗。然而，座上其余的人都不赞成所有这些词；大家都一致参加邀请，尽管有人也许觉得，他们听音乐早就听够了。特别是那位寡妇，她现在想让大伙相信她有良好的教养，更是热烈催促，好像哪一位要是拒绝歌唱，她就决不罢休。于是，那位太太终于同意了，哼哼了几分钟之后，就唱将起来，那份嗓音，那份做作，我可以看得出来，谁也不大满意，只有她自己的丈夫除外。只有他坐在那儿，目不转睛，全神贯注，还用一只手在桌子上打着拍子。

　　我的朋友，你一定看得出来，根据此地乡间的习俗，每当一位太太或是一位先生引吭高歌的时候，在座的人都要像一座雕像一样坐在那儿，一声不吭，一动不动。每个人的面容，每个人的肢体，看起来都得像是聚精会神，在歌唱进行的时候，他们都得像是全然石化僵化了一般。我们这种木然枯寂的状态，保持了一段时间，耳朵听着歌，眼睛纹丝不动地望着，这时管事的来告诉我们，喷泉就要开始喷水了。我马上看到，那个寡妇一听见这个消息，立即从座位上蹦起来；但是她自觉不妥，只得又重新坐下，以表现自己的教养有素。特布斯太太对这个喷泉早看过上百次了，决意不受干扰，继续唱她的歌，没有一点点怜悯之心，对我们的焦急不耐，也没有表现出一丝一毫的同情之心。我觉得，这位寡妇的那张脸，给了我很大的享受；我可以清清楚楚地从那上面看出，她感觉到良好教养与好奇之心在她内心争斗；在这之前她整个晚上都在谈论喷泉，好像她到这里来就只是为了要看看喷泉，但是这时候她又不能刚好在唱歌之间蹦出去，因为那样一来就要丧失上层社会的那种体面架子，甚或从此以后要失掉上流社会里的伙伴；就这样，特布斯太太继续唱她的歌，我们也就继续听着，直到最后，歌子刚刚唱完，侍者进来告诉我们，喷泉已经喷完了！

　　喷泉喷完了，寡妇大叫起来！喷泉已经喷完了，这不可能，它们不能完得这么快！那个听差的回答说，我没有必要违拗你太太的意见，我再跑过去看看吧；于是他去了，很快又返回来，证明那个令人不快的消息千真万确。此刻没有任何礼仪能够束缚住我朋友的那位感到失望的意中人了，她用那种再露骨不过的方式表明了她的不快，简单一句话，她现在开始来回挑错儿，最后，刚好就在特布斯先生和太太告诉大家，彬彬有礼的时刻就要开始，太太们马上就可以欣赏喇叭演奏……就在这个时候，她坚决不听硬要回家。

❖作者简介：

塞缪尔·约翰逊
（1690~1784）

英国18世纪最重要的散文家。其主要作品有
《漫步者》、《冒险者》、《闲眼者》、《莎士比亚戏剧
集》、《诗人传》等。

说 春

眼前，每块土地，每丛树林都是碧绿一片；眼前，柔
美的大自然漂亮的面孔已经显现。

——厄尔芬斯通

每个人对自己的现状都会很不满足，多少总要驰骋幻想去询问
未来的幸福，而且，会凭借解脱眼前困惑他的烦恼，凭借他获得的
利益，去把握时间以谋求改善现状。

当这种常常要用最大的忍耐盼来的时刻最后到来时，幸福却往
往并不降临，于是，我们接着又以新的希望来自我安慰，又用同样
的热望翘盼未来。

如果这种心情占了上风，人们就会把希望寄托在他难以企及的
事物上，而也许就真会碰上运气；因为他不是仓促从事，并且，为
了使幸福更加完善，他还会注意采取必要的措施，等待幸福时刻的
到来。

我很早就已经认识了一位有这种性情的人，他迷于幸福的梦想
中，这给他带来的损害要比妄想通常产生的损害少得多，同时，他

温馨与光明

还会常常调整方案，显示他的希望之花常开不败，也许不少人都想知道他是用什么方法得到如此廉价而永恒的满足，其实他只是把困难移到下一个春天，他于是得到了这种暂时的满足；如果他的健康可以得到补偿，那么春天就能补偿；如果因价格昂贵而买不起他所需要的东西，那么，在春天，这种东西就会跌价。

事实上，春天悄然来到却往往并无人们所想象的那种效益，但人们常常这样肯定：可能下次会顺利些，不到仲夏很难说眼前的春意就令人失望；不过春意了无踪迹的时候，人们总是经常谈论春天的降临，而当它一旦飘然离去后，人们却还觉得春天仍在人间。

同这样的人长谈，在思索这个快乐的季节上，也许会感到极大的愉快。我满意地发现有很多人也被同样的热情所感染（这样比拟是无愧的）。因为，我相信，岂有优秀的诗人面对那些花瓣，那阵阵柔风，那青春的颤音而不显露他们的喜爱？即使最丰富的想象也难以包容那金色季节的静穆与欢欣，而又会有永恒的春天作为对永不腐朽的清白的最高奖赏。

的确，在世界一年一度的更新过程中，有一种莫可言传的喜悦展现出无数大自然的异宝奇珍。冬天的僵冷与黑暗以及我们眼见的各种物体所裸露出来的奇形怪状，会使我们向往下一个季节，既是为了躲避阴冷的冬天，也是因为喜欢晴朗的春天；温和的景色把每一朵含苞的花带入我们的眼帘里来，我们就把这花当作报春的使者，认为它在通知我们，更加愉快的日子就要到来了！

春天为我们的心灵提供了我们能享受的一切，如此轻松地解除了我们心头的焦虑和感情上的纷扰，可以让我们闲适欢愉。田野和森林的新绿，飘逸着令人沉醉的特有馨香，到处倾泻着沁人心脾的欢乐声；动物因食物增加和天气温和显然都十分喜悦；赋予整个大地一副快乐的神态，从大自然的微笑中，显露出来。

然而，也有一些人并不喜欢这阳春烟景，他们匆匆掠过了千姿百态的乡间秀色，而把时光和思想耗费在牌戏、集会、酒馆、聊天上。

当一个人不能忍受与别人相处在一起的时候，总有某种不正常的情形，这是不带欺骗性的，想要求得解脱；或者因为他厌倦人生，万念俱灰，这种由外力推动而非意向转移产生的心情，肯定是借助于外来事物，也许因为他害怕某些不快闯入心田，力求避免失败的记忆，对灾害的恐惧、或某种更悲惨的思想。

那些被悲哀夺去沉思乐趣的人们，可以适当地专心于有趣的消遣，如果这些消遣无害的话；那些害怕未来痛苦而导致不幸的人们，必须努力消除这种危险。

走笔至此，我应当转到那些成为他们思想负担的事物上来，因为他们需要的是值得回忆的目标。大自然的神秘虽已展露，但他们并未得到什么快乐和教育，因为他们永远也无法学会识别那些特征。

一个法国作家发挥了这种似非而是的说法：懂得走路的人不多，的确，有不少人并不懂得带着愉快的希望去散步，他们待在家里，心情相同的伴侣好像就已给他们提供了散步的快乐。

有些动物从接近的物体上借来某些颜色，但偶一改变位置，就变了色调。同样，每个人也应当尽力去感受自己周围的事物，因为，如果他的注意力始终固定在某一地方，一旦变易位置，就看不见新目标。心灵应当向新思想敞开，要从旧思想的控制下解放出来，因为旧思想容易导致消极方面。

一个已习惯于以新事物自娱的人，会在大自然的产物中找到无穷无尽的物质蕴藏，而不会遭人的妒嫉或怨恨。某些艺术作品，即使已有定评，缺点依然在所难免！但人们常期望找到新理由去崇拜天下的权威，也有人希望能利人利己。毫无疑义，很多蔬菜和动物可能都有起巨大效用的特性，但是，也不必穷究精研，只要做到常规实验和密切注意就足够了。化学家们有关他们可爱的汞所说的一切，就汞的整个形成而论，也许人人都相信是确切的，但假如在它上面要消耗千万条生命，那么汞的一切化学性质就很难发现。

人类应该具有各种不同的趣味，因为生活赋予并需要如此众多的乐趣，它既不希望，也不要求我们都是博物学者，但是，假如给那些不健康、不舒坦并缺乏充分快乐来源的人指出一种新鲜的消遣方法，是不适当的，向那些每天都感到负担沉重的人说还有很多他们从未见过的东西，也是不切实际的。

　　对大自然的作品增强了好奇心的人通往幸福的途径很多，因此，我要把青春的沉思奉献给读者中的年轻人，要他们原谅我要求他们立刻去利用一年的春天，利用生命的青春；当那些新鲜影像深深印在他们的心灵上时，就要去热爱天真活泼的欢乐，并且有一种追求知识的热情，而且，要记住，枯萎的春天会造成荒年；要记住，青春的花朵，虽说美丽愉快，但也不过是大自然早已安排妥当，要为秋天的果实所作准备而已。

◆作者简介：

约翰·拉斯金（1819 ~1900）

英国艺术史家、艺术评论家、散文家。其主要作品有《近代画家》、《建筑学上的七盏明灯》、《威尼斯之石》、《时至今日》、《芝麻与百合》、《野橄榄花冠》、《时与潮》等。

开阔的天空

对于天空，人们的认识实在太少，这简直是一件咄咄怪事。天空是大自然的杰作之一，大自然为了创造它所花费的精力多于她为创造其他一切所花费的精力，其目的显然是为了取悦于人，向人们传递信息，给人们以启迪，然而在这方面，我们对她却很少注意，就她的大部分其他杰作而言，每一个组成部分除了取悦于人外，还能满足更实质的或主要的目的，至于那些不能满足这个目的的，为数毕竟不多。不过，据我所知，倘若三、五天内蓝空有一次被丑恶的大片黑色雨云所覆盖，万物都被滋润了，因而所有的一切又呈现蓝色，直到下一次被蒙上一层能带来露水的晨雾或暮霭。不过，在我们一生中，大自然并非如此；它无时不展现一幕又一幕景色，一幅又一幅图画，一种又一种壮观，而且没有一刻不按照精美的、永恒的、最完善的原则在运动，使我们确信这一切都是为了我们，旨在使我们获得永恒的快乐。任何人，无论在什么地方，距离名胜或美景多近，都不能永远享有这一切。地球上的美景只能为少数人感知和察觉；谁也休想时刻在其中生活；谁要是时刻生活在其中，那么，他的存在便要破坏这些优美的景色，而他本人也不可能再感知美景的存在；但天空不同，它是为所有的人存在的。

温馨与光明

太明亮耀眼，

使得人间难以为炊。

　　它所有的作用都是为了给人以永恒的慰藉，促进人的快乐，使人心境平静，清除人们内心的尘埃和废物。它时而温文，时而任性，时而可怕，无论何时都存在着差别。它的感情近乎常人；它的温柔近乎心灵；它的博大近乎神明；它呼唤我们内在的那个初生之物，毫不隐晦；而对那些终有一死的，它给予的惩戒或祝福也是必要的，前者与后者是等同的。然而除非它与我们的物感有关，否则，我们绝不至于对它注意，把它当作我们思考的课题。有些因素使得它能更清楚地向我们传递信息，甚于向野兽传递信息；另一些因素能证明老天爷有意让我们从苍穹获得的东西，多于我们从我们与野果、蜥蜴共享的阳光雨露那儿获得的东西；对所有这些因素，我们认为仅仅是一连串没有意义的、单调的、偶然的东西，认为它们太普遍、太无益、不值得我们予以瞬间的关注，投去赞美的一瞥。当我们感到无比懒散、平淡无味，视天空为我们仅居末位的消遣时，我们谈论天空哪一种现象呢？有人说，下了雨；有人说，刮了风；也有人说，天气暖和了。在这一群聊天者当中，谁能告诉我，昨日下午给地平线镶了一道边的那些雪白的、绵延不断的大群山是什么形状；它们的悬崖峭壁怎么样？谁看见从南面射来的长而窄的阳光照耀群山之巅，一直照到它们化为蓝色的烟雨呢？谁看见昨日阳光隐退、夜色来临后，那一片片死沉沉的云迎风起舞，像枯枝嫩叶一样被西风席卷而去呢？上述景象已经过去，自己不曾看见，自然谈不上后悔；倘若这种淡漠感情可以摆脱，哪怕只是一瞬间，也应视为突出于一般的或不寻常的情事而加以珍惜；至于壮丽，它至高无上的特性之所以广为领略，不在于大自然能量的广博而强烈的表现；也不在于冰雹撞击、发出叮叮当当的声音；更不在于旋风的席卷。神既不存在于地震之中，也不存在于雷火之中；他只存在于平静的细语中。上述这些仅仅是大自然低级迟钝的功能；它们只能通过黑色和闪电去安排。庄严、深邃、沉静、不突出的情事；当它们缓慢地静悄悄地演变时，其中就寄寓着我们察见之前必须探索的、我们理解之前必须热爱的东西；寄寓着天使每天在为我们创造的、但又不断变化的东西；寄寓着永不短缺、永不重复、需要时刻求索而又只能获得一次的东西。唯有通过这一切才能获得献身的教益和美的祝福。所有这些都是怀着崇高目的的艺术家必须探求的；艺术家也只有与这一切相结合才可能产生自己的理想。对这一切，普通的观察家往往很少注意。因此，我确实相信不关心艺术的普通人对天空的认识大部分都来自图画，而不是来自现实；在谈云的时候，倘若我们研究一下大多数受教育者心目中云的概念，我们不难发他们这些概念都是由老资格的艺术大师对蓝白两色的追忆构成的。

温馨与光明

◆作者简介：

乔治·吉辛（1857～1903）

英国小说家、散文家。其主要作品有《新穷士街》、《在流放中诞生》、《古怪的女人》等。散文代表作是《乡居札记》。

我的花园

　　我唯一喜爱的老式花园是开着玫瑰、向日葵、蜀葵、百合花的花园，而且我喜欢看到这些花尽量长得像野花一样。我讨厌整齐、对称的花坛，讨厌把大多数花种在上面——一些名字古怪的杂花，什么琼尼细亚、斯奴克细亚——看上去就感到不顺眼。在另一方面，花园就是花园，我不愿把那些长在小巷与田野中、给我以安慰的花儿引进园中，例如毛地黄，如果看到它们被移植，我会感到痛苦。我想到毛地黄，因为这时正是它们盛开的时候。昨天我跑到每年这个时候我都要游访的小巷去，这是一条深陷的车道，两壁上覆盖着瓦苇的巨大丛叶，悬挂着榆树、榛树的枝叶。我走到那清凉、长满野草的角落，那里有各种华丽芬芳的花朵，在和我差不多高的枝干上怒放着。我从来没有在别处看过这样好看的毛地黄。我想它们如此使我喜欢，是由于早年的记忆——它是孩提时留给我最深印象的野花。任何一天，我都愿走好几英里路去观赏一丛这样的好花，如同愿去看水边鲜艳的紫色莲，或是看浮在静水中的白色百合花一样。

　　等到我们走到屋后，以及走到蔬菜园中，园丁与我便互相了解了。在这块地方他发现我是完全清醒的。的确，我不相信菜圃比花园给我的快乐少。每天早晨，在早餐前，我绕到菜圃，看看作物生长的情况。看到豆荚胀大了，土豆芽苗茁壮成长，甚至萝卜、水芹在生长，都使我感到快乐。今年我种了一丛耶路撒冷蓟，它们有七八尺高。看着那几乎像树干一样的茎，看着那美丽的大叶，我自己似乎增添了活力。红花菜豆也长得可喜，必须用木棍加以支撑，否则，枝茎就会由于果实的重压而折断。带着一个篮筐走到菜园去采摘，真是一种享受。我仿佛感到这是大自然对我的一个恩赐，赐给我这样充足的食物。它们的味道是多么新鲜和有益于健康啊——特别是当不久前下了一阵雨的时候！

今年我又栽种了一些美丽的胡萝卜——长得笔直、洁净、细长锥尖、色彩悦目。

温馨与光明

❖作者简介：

洛根·史密斯（1865
～1946）

英国语言学家、批评家、散文家。其主要作品有学术著作《词与习语》、《英国语言》，散文《小品集》和评论《读莎士比亚》。

玫瑰树

　　这老太太总为她园里那颗大玫瑰树感到得意，欢喜对人讲它是怎样从一条插枝长成，好些年前才结婚的时候从意大利带回来的。她同她的丈夫从罗马坐四轮马车旅行回去（当时还没有火车），在西恩那南部一段坏路上他们停了下来，不得不在路旁的小店里过夜。小店设备当然简陋，她一夜没有睡好觉，很早就起床，披上衣服，站在窗前，凉风拂面，眺望着黎明。过了这些年，她还能记得明月高照的青山，一个山巅上远远的市镇怎样渐渐发白，发白，直到月亮消逝，山轻轻着上了晨曦的淡红，突然市镇像被一种光辉照亮，阳光投射到一个个窗户上，又反射回来，直到最后整个小小的城像一群星星在天空闪烁着。

　　那天早晨，他们的车子还没有修好，他们坐了一辆当地的车去到那座山城，听说那里可以找到好一点的住处；他们在那里停留了两三天。那是一个意大利小城，有一个高高的教堂，一个浮华的市场，几条窄街和小小邸宅，稠密而完美，坐落在一个山端，在一道墙围着的简直不比英国菜园大的区域里。但是它却充满了生气和喧闹，昼夜响着脚步与话声。

　　他们住的那小旅馆的餐堂是那个小城里的显贵聚会的场所，县长、律师、医生，还有几个另外的人；在他们当中，他们注意到一个漂亮温和而健谈的老人，有着发亮的黑眼睛和雪白的头发——高、挺直，仍有青年人的身姿，侍者骄傲地告诉他说，伯爵很老了——事实上下半年他就要满八十了。他是他家庭最后的一个人，侍者又说——他们从前是了不起的富翁——但他没有后嗣；这侍者得意地谈到，好像那是当地引以为荣的故事，伯爵曾在爱情上不幸，从来没有结过婚。

可这年老的先生好像够快活的，显然对陌生的客人们发生了兴趣，想跟他们认识。这立刻就由那和善的侍者做到了。才稍谈了一会儿后，那老人便请他们看他那就在城墙外的别墅和花园。第二天下午，在开始日落的时候，他们从门口和窗户瞥见蓝影初罩上褐色的山，他们便去拜望他。地方并不大，一个小的新式的水泥粉刷的别墅，附带一个天然的石子花园，里面有一个装着呆滞的金鱼的石盆，有一个靠在墙上的猎狩女神及其猎犬的像。但是使它尤其生色的是一棵攀绝房屋的大玫瑰树，几乎掩住窗户，空中充满它甜蜜的芳香。是的，那是一棵壮丽的玫瑰树，伯爵骄傲地说，在他们赞美它的时候，他要讲那与树有关的小姐；当他们坐在那，喝着他招待他们的酒，他以一种老年的恬淡谈到他自己的恋爱，好像他认为当然他们已经听到过。

"这小姐住在那座小山过去的山谷那边。许多年以前，我当时还是一个青年。我常骑马去看她，路很远，而我骑马快，因为年轻，无疑地，当时是非常性急的。但是那小姐没有好心眼，她害我等，呵，一等就几个钟点；有一天我等得太久了，我便很生气，当我在她约好来会的花园里走上走下的时候，我折断了她一枝玫瑰，从树上折断了一枝；当我明白我干了什么事，便把它藏在了上衣里——这样——当我回到家里，我一定给她栽好，看着它是怎样成长；假如夫人喜欢它，我一定给她一条插枝栽在花园里；我听说英国人有美丽的葱翠的花园，不像我们的被太阳晒着。"

第二天，当他们的修好的车来接他们，他们正要从旅馆离开的时候，伯爵的老仆人送来了包得上好的玫瑰插棱与他主人的"一路平安"的祝辞和愿望。城里的人都聚拢来看他们动身，孩子们在他们车后追着，一直追到城门外边。他们听到后面有一阵脚步的急奔，不久他们便远远地向山谷而去；这充满了闹声与生气的小城高高地在他们上面立于心巅。

她把玫瑰栽在了家里，它异样地生长而旺盛；每年六月，繁茂的枝叶发出一种芳香和绯红的热烈的光彩；好像它的根和纤维里仍燃烧着那位意大利情人的愤怒和受挫的热望。自然老伯爵一定死了好多年了；她已经忘记了他的名字。甚至也忘记了那山城的名字。在第一次看见它在黎明时分像一群星星在天空闪烁之后，她曾在那里停留过。

❖作者简介：

爱德华·卢卡斯
（1868～1938）

英国散文家。其主要作品有《炉边和阳光照到的地方》、《游荡者的收获》、《冒险与热情》、《旅游者的运气》等。

笼边杂感

　　某星期日下午，当我随兴所至漫步于动物园时，我突然见到河马那庞大而平庸的面孔正在向着笼槛的一角瞅视。这的确是个硕大无比、完全难以思议的怪物，一时我恍若置身于另外一个世界，一个迥异乎寻常的神奇国土。其实河马的外貌倒也无特别可怖之处；它甚至比公共汽车上对面乘客的许多面孔还更友善一些，不过到底令人感觉可憎、难处和太不正常。猝然相遇，人们是吃不消的。

　　这河马，如今三十甚至三十出头，已经老相毕露。它的腿脚肿痛，眼睛模糊；牙齿也大半脱落，歪歪扭扭，呈现出灰褐色。在躯体上它是伟硕的，浑圆结实，个人见闻当中很少有什么能与之相比。我不禁担心，如果它一旦死去，这事该着怎办，因为看样子它肯定不会活太久了：那时这巨大的尸体怎么运走，怎么处置，怎么销毁。就连旁边笼槛中的小河马，那些刚出装箱，刚从非洲船运至此的可笑的小胖猪似的东西，每只也都比四位市参议员加起来还重得多；而这老的又要比这些小的重五十倍，它那惊人的躯体之大，简直和铅铸的差不多。一旦这蹒跚的腿脚最后站立不住，跌倒爬不起时，那景象，但愿不要让我见着。

　　亲身站到这个大而无当、奇笨无比的可笑巨物面前，我对那些

温馨与光明

能够面不改色地去枪杀它们的巨兽捕捉者的心理，更加感到完全无法理解。如果说世上有哪种动物最能把"自己生存、让人生存"这句格言躬亲实践的话，那便应当首推河马。我不理解，何以有人竟冒天下之大不韪，把这许多死物推到这个业已死亡枕藉的世界之上。但是此刻正在西点俱乐部里闲啜着咖啡的人士当中，便颇曾有人干过不少这类勾当。射杀狮虎或其他猛兽，这事我能理解，尽管我自己并不愿做；但去结束一条素性安稳如山的平静性命——我就永远也鼓不起勇气来干。一个人怎好去射杀一个只知在泥里打滚的动物？

不久我碰见了一位大学的动物研究员，这位先生的头脑之中装满着希腊名词，衣袋里装满着苹果和葱头，不带这些他是从不去拜访他的朋友的。从他那里我确实获益良多，得知了不少趣闻。其一便是，犀鸟这东西，看起来虽好像个最凶残不过的猛禽，大有动不动便要用它那铁喙啄人一口之势，甚至要从背后啄人，事实上却是一种最慈祥最友善不过的鸟类，它喜人抚爱，百摸不厌。另外它还可能是园中最优秀的"接手"；虽然它嘴巴看来并不那么灵便，它接起东西来可万无一失，不管你如何投法。福斯特一向是我崇拜的英雄，但现在他已不能在我心中占据统治地位。正是"Le roi est mort；vivel' hornbill"（国王已死；犀鸟万岁）。

面对这个滑稽的怪物，我实在感到惊诧不已（这里不可不附带一句，它最爱好的食物乃是葡萄）。从外表看，犀鸟似乎是禽兽中最不驯顺和最不好照料的了，但实际上它却像一只被娇纵惯了的狗一样地渴望着人对它的眷顾，而且同样地非常多情。它最喜欢的事——甚至超过葡萄——是让人给它在颏下抓挠，这时它的头部就越仰越靠后，陶醉在一种狂喜之中。最后它的尖嘴直矗入云，宛如村中教堂的尖顶一般。

犀鸟的近邻为一种苍鹰，毛羽色泽如东洋花布一样可爱。还有一种名叫皮尔鸥鹟，它的眼睛可能是全动物园中最美丽的，而生活也是其中最忧郁的；因为它过去一向在非洲的河面上轻盈静悄地翔驶着，一路之上不时把大意的游鱼攫在爪中，而如今则被囚禁在一个笼中之笼，周围不过数尺。当它看着那些游人往来穿行时，心中将作何感想！可以断言，这里的海豹海狮倒未必不愉快；水獭也很得其所哉；另外那些巨室中的各种禽鸟、猿猴、蛇蝎等等，我们觉得也都大体粗安。但是对于那些天性高傲、不可一世的鸟兽——诸如鹰隼狮虎乃至皮尔鸥鹣之属——这又是一种什么命运！什么前途！真是令人不堪替它们设想。

我还从这位诲人不倦的研究员那里听说，一种名叫极乐鸟的珍禽虽然羽毛美丽非凡，本有可能大端架子和摆出一副绅士风度，却也不得不厮守在笼边，从人的手中讨果子吃，而且一到嘴便囫囵吞下；另外鸥鹣族中的一支西方远亲对它们所景仰的人们都能跟着学叫"呜——呜"；再有，有的老鹰喜欢人们抚摸其头，而且其中还有这么一头鹰，你如带头给它示范，还能学作鸡叫！我很怀疑这事是否有失体统。因为我心目当中的鹰乃是那种冲霄直上，睁对炎阳，目不稍瞬，丝毫不容人狎侮的异物。但是如今，在摄政公园看来便不能不打点折扣。不过这里的犀牛也啃饼干吃吗？

我还听说，尼泊尔羚羊最喜吃的美味是橘皮；再有，那头顶上簇生着巨角的山羊往往会把这利器猛地向栏边霍地击下来，这时如果你的手指碰巧正在那里，肯定要给它劈成两截的；但另一方面，大象旁边栏槛之内的秀美麋鹿（最近它的一角摧折）却温柔得像只长耳狗一般，非常渴望得人垂怜。

我还听说有只小象吃"老人"麦片；另外动物园的管理人中也有没见过海狸的，这倒不是因为他们每次总是把头掉转不看，而是因为这东西天性怯生得出奇。我们唯一能见到它的机会是在日落时分。

但是与迪莉亚的结识却是这天上午的真正高潮——是我见到这位研究员朋友后所带给我的无上佳运。我们在她那里逗留了一个小时，其间她一直把一顿果品美餐连吃带要。但我们却似乎不应把她认作是她自己的口腹之奴。我想不起还有哪种非人动物（她也是非人的动物吗？我说不清）对别的东西比对美味更感兴趣。现在她的兴趣主要集中到我的拐杖上来；但有时秋千架吸住了她那不定的目光，于是便又跳了上去；也有时候她和周围的伙伴搂抱搂抱。迪莉亚的确是个淳朴多情的种子，长着一对（就一个猩猩来说）最秀气不过的拇指，另外非常清洁。实际上，完全可以引为我们同类。

迪莉亚是我平生唯一见到的一个见后不致使人感到踌躇不安的猿类。不少猿猴，尤其是那些较大的人猿，竟仿佛是我们自身的一种滑稽仿造品一般——甚至不仅是这类仿造，而且还不时使我们联想起我们身上的那些卑劣部分——因而见于它们，不禁要对人类在今世乃至来世的地位愈益滋生疑窦。但迪莉亚却是迷人的；她的身上颇具美德。她温文贤淑，一切行动也很审慎持重。她不像有些小猴那样疑虑多端，令人生厌，而且一点也不卑吝褊狭。那兼充她服饰的一身毛发——这情形颇有类加底瓦夫人，一例光泽富丽，作赤褐色。我是永远不会忘记她的。

现在能对迪莉亚产生迷恋，的确倍感欣慰。这主要与刚刚见过的凶残景象有关，即喂养猛禽的事。这里最多是有点顽皮的淘气和缺乏头脑罢了；但这里总没有那种张牙舞爪捕捉活食的残忍现象。那些捕食的鸷鸟在人的眼中实无异于贪婪残暴的又一象征，这也多少因为，那些被它们又狠又准手到擒来的猎获物同样也是生来为了享受世上欢乐的神奇妙物。试想天下还有比那翔动于素波之间、日光熠耀于其娇躯之上的透明游鱼更美的吗？鱼的行动本身便是美的化身。但是喂养的人却往往一下把十多条这类奇物倾入一个池内，而正当它们在绿水之中开始其奇妙的游泳时，他又打开另一笼门，放进一只凶眼利喙、黑白花毛的巨鸟，于是顷刻之间池中的一切便都给它吞噬干净，喂养的人就是这么干的，而且有时每天还不止一次。这个场面好像非常受人欢迎；但我见后心中怪不舒服。

我从迪莉亚的闺房踱到狮子那里，又从狮子那里去了海狮那里，一路所经，尽是南非印度等地所产的各种羚羊狷羚等居住的长串棚房。这时我发现，这座建筑物中最有意思的地方并不在这些异方之客，而是一种本地之物，而这在一般英国家庭虽属常见之极，却未十分容易看得仔细——家鼠。如果你想见到行动自然的老鼠，不慌不忙地到处窜动，吃起东西一点没有恐惧之感，那你最好到动物园去看，当然表面上可以说是去研究南非羚羊。这样来做并非是对羚羊有失公允，因为羚羊这东西并不稀罕人的注意，在这点上它与那长颈鹿迥然不同。长颈鹿对即将分手的友人往往泪眼模糊，引颈怅望，除非铁石心肠，谁也经受不住。但是南非羚羊却不那么多情，既不羞怯，也不虚荣。它并不管你看谁，因而你遂得以集中精力，对那些老鼠恣意观看一番，它们疾行于羊的胯下，正像一个多风的四月天气中驱驰于天边的无数云影那样。

于是我转身回去，因为我已将园中的一切饱览无余，除了那个特别广为宣传的动物——扒手。当这些动物一个个恭受着人们的检阅之时，出现在我们眼前耳际的，一方面是众多看客的一副降尊俯就的神态与垂怜或嫌憎的话语，而另一方面又是那到处可见的"谨防扒手"告示，提醒人去提防——（你道是什么？）人！因而相形之下，实在令人忍俊不禁。因为我们觉得，狮子——尽管我们亟欲其皮来做炉边毡毯，至少是不当扒手的。

❖**作者简介:**

切斯特顿（1874～1936）

英国记者、作家。其随笔集有《被告》、《无所不虑》、《琐事惊人》、《大惊小怪与东拉西扯》、《为胡说八道辩护》等。

囊中物

在我很小的时候，有一次遇见了一位建立这帝国的人——一位穿着阿斯脱刺罕羊皮大氅，蓄着阿斯脱刺罕羊毛胡髭的人——那是一种紧密、浓黑卷曲的胡髭。他蓄上那样的胡髭，是为着要配合他的大氅呢，还是由于他那拿破仑一般的坚强的意志，使得他不仅在通常的地方蓄着胡髭，而且要在他周身的衣服上，都蓄着那种小髭，我就不得而知了。我只记得他对我说过下面一句话："现今一个人是不能够把他的手放在他的衣袋里，闲荡过日子的。"我显然是信口雌黄地回答他说，也许一个人能够把他的手，放在别人的衣袋里过日子吧。于是他便谈论道德的进化问题，所以我想我所说的，是有几分真理在里面呢。而那事件现在又回到我脑中来了，使我联想到另外一个事件——如果你可以把它叫做一个事件的话——那就是前两天我刚遇到的。

我平生只扒过一次衣袋，而那时所扒的（也许是由于心不在焉的关系），却是我自己的衣袋。我那行为却很有理由地真可以这样来描写，因为从我自己的衣袋里，扒东西出来，至少有一种比扒手更为紧张而颤抖的心情。我在那衣袋里，会找到什么东西，我完全不晓得，自不免要抱着很大的好奇心。说我是一个好整洁的人，也许称赞未免过分，但是我对于自己所有的一切东西，却始终能够说得很清楚的。我随时都能说出，那些东西放在什么地方，我是怎样处置它们的，只要我不把它们放在衣袋里的话。如果有什么东西，一度落到那些无名的深渊中去了，我就得和它永远诀别。我想我把它投入我衣袋里的东西，是仍然在那里的；同样的假定，也可以应用到我把它投入海中的东西上。不过我对于贮藏在这两种无底洞中的财富，同样地一无所知。据说到了世界末日，海里会把它所有的死者全部放弃的。我想在那同样的场合，便有长串长串的稀见的东西会从我的衣袋里跑出来的。不过我已经忘记了我衣袋里有些什么东西；除了钱以外，再没有一点什么我找到时会感到惊讶的。

这至少是到现在为止的，一种愚昧无知的状态。我在这里只愿简单地回想到，那个特殊而异常的，前此无匹的情景：我冷酷无情地，但心理却健全地掏出了我的衣袋。当时我被关在一间三等车厢中，去作一个相当长途的旅行。时间快到黄昏了，但也许是在别的任何时候，因为俨然是用了一枝巨大无比的水笔，把类似天地或明暗的一切东西，都涂上了茫茫一片完全无色的雨。我手边又没有一点书报可看。我甚至连一枝铅笔，一块纸片都没有，无法来写出一篇宗教的叙事诗。车厢的壁上，又没有一点广告，要有的话，我便将埋头去研究那些广告，因为任何一篇印出的文字，都足以诱发无限复杂的心机。当我面对着那"日光皂"三个广告文字时，在我想到关于肥皂的，那个不大愉快的题目之前，便要把太阳崇拜，希腊的太阳神，以及关于夏季的诗歌那一切的光景，想个透彻，发挥无余。但是现在的处境，是任何地方都找不出一点印刷的文字或图画，除了车厢内空白的木板，车厢外空白的雨天以外，什么也没有。在此我要特别强调地否认说，任何东西都是不足以引起兴味的，所以我注视了板壁和座位的接缝，而开始竭力地想着关于木头的迷人的题目。正当我开始悟到基督为什么不做泥水匠，不做烘面包的人，或是其他任何职业，而偏要做木匠的那个理由的时候，我突然跳立起来，而想到了我的衣袋。我随身带着一个未知的宝库到处走动。我搜集了无数未知的古玩，在各种不同的地方，挂满了我的一身。我开始把那些东西取出来。

　　我所遇到的第一件东西，便是一大堆我居住的巴脱西地方的电车票，那多得足够供给一个撒纸竞走的游戏。它们像彩色碎纸片一阵阵地洒落下来。当然，在最初它们触动了我爱的感情，使我为之落泪。它们又供给了我们要求的印刷品，因为我在它们的背面，发现了关于某种药丸的，一些简短动人的科学小品。说起来，在我当时的贫乏中，这些电车票很可以视为一个小巧精选的科学图书馆。如果我的铁路旅行要再继续几个月的话（在那时看去，好像是很可能的），我便要让我自己对于丸药的情形，加以辩论一番，利用我所有的资料，来拟就赞成与反对的回答和反驳。但是毕竟最使我感动的，还是那些车票的象征性质；因为守护神圣乔治的十字架，意味着对英格兰的热爱一样地确实，这些零星纸片，就意味着我们对这城市的热爱，那个也许就是现在英伦最大的希望呢。

　　其次我所取出来的东西，便是一把怀中小刀。用不着我说，一把怀中小刀，单就它本身而论，就可以写出一部很厚的书，充满着道德的默想，一把小刀代表着一种最原始的实用的起源，所以我们人类的文明，都是把基础放在那低厚的枕头上一样，也是放在这小刀上的。金属，那唤作铁的东西，和唤作钢的东西的神秘，把我带到半昏迷的梦中去了；我看见了那阴暗潮湿的森林的内部，那儿最初的人类；从所有普通的石头中，找到了那块奇异的石头；我又看见了一个漠然而激烈的战斗。在那场战斗中，对抗一个决死者手中的，崭新发亮的东西，石斧破了，石刀也被击得粉碎了。我听到了地球上所有的铁砧上打铁炼钢的声音。我看见了封建战争中所有的宝剑，和工业战争中所有的福利。因为小刀只是一把短剑，而怀中小刀便是一把秘密的剑。我把它打开来，望着那我们叫做刀身的雪亮而可怕的舌头，我想也许这就是人类最初所要求的东西的象征吧。

随即我就发觉我错了，因为从我衣袋里出来的其次东西，只是一盒火柴。于是我看见了火，那甚至比钢还要强，那古老而凶猛的女性物，那东西是我们大家都爱的，但谁也不敢去触碰它。

再次我所找到的是一支粉笔，我在那里面看见了世界上所有的艺术的和所有的壁画。再其次找到的，就是一个价值很小的钱币，我在那里面不仅看见了我们国王的像和题词，而且看见了大地开辟以来的政府和秩序。但是我没有篇幅来把我衣袋中倾泻出来的，富有诗意、光辉灿烂的长系列中的细目，一一说出。我不能告诉你，在我衣袋里的所有的东西。我却能够告诉你，在我衣袋里我所不能找到的一件东西。我所指的就是火车票。

温馨与光明

❖作者简介：

爱德华·福斯特
(1879~1970)

英国小说家、散文家。其主要作品有《印度之行》、《在阿宾吉尔的收获》、《为民主发出两声欢呼》、《小说面面观》等。

 # 我的林园

几年前我写过一本书，部分地谈到英国人在印度陷入的困境。美国人感到自己在印度不会有困难，于是坦然地阅读那本书。他们愈读愈感到舒畅，结果给作者汇来一张支票。我用这张支票买下一处林园，不是一片大的林园——树木稀少，更倒霉的是，还被一条公共小道穿过。但无论怎样说，它究竟是我拥有的第一份产业，这下也该别人分担我的耻辱，以程度不同的惊骇口气向他们自己提出一个很重要的问题：财产对人的品格会产生什么影响？咱们别提经济问题，私有制对于整个公众的影响是另一码事——也许是一个更为重要的问题，但是是另一码事。咱们从心理上说吧，假若你拥有财产，它对你会产生什么影响呢？我的林园对我有什么影响？

首先，它使我感到沉重。财产确实会产生这种影响。财产造就出笨重的人，而身体笨重便进不了天堂。《圣经》寓言中那位不幸的富翁并非心术不正，只是身体太粗壮。他大腹便便，别提身后有多臃肿了。他在水晶般透明的天堂入口侧来转去，擦伤了肥胖的两肋，这时他却看见旁边有一头身体较为细长的骆驼穿过针眼；到了上帝的身边；四部福音书都把粗壮和缓慢相提并论，它们指出显而易见的道理，却很少意识到：假若你拥有许多财产，你的行动就会很不

世界散文精品集丛书

方便。家具需要打扫，扫帚需要雇人使用，雇人需要给保险金——这一连串事儿够你在接受晚宴请帖时或决定去约旦河游泳之前三思而行。福音书的进一步阐述还表明了与托尔斯泰一致的观点：财产是罪恶。在这里，它接近于苦行主义的艰难领域，我不能亦步亦趋。但谈到财产对人的直接影响，完全符合逻辑，不言而喻。财产产生笨重的人，顾名思义，笨重者不能疾速如闪电，由东至西一瞬而过；体重将近两百磅的主教登上布道坛，恰好会与耶稣临世形成尖锐的对照。我的园林使我感到沉重。

其次，它使我感到林地还应当更宽阔一些。

不久前的一天，我听见林中树枝啪地一声响。开始我有些恼怒，心想有人在摘黑莓，全然不顾树下的草木。走近一看，踏在树枝上并弄出啪声的不是人，而是一只鸟。我心里坦然了。我的鸟。鸟儿却并不同样坦然，它才不管我们之间的关系呢，一见我露面便展翅而飞，直越过界篱飞进一块地里——赫尼希太太的地产，并歇在那儿尖叫了一声。它现在成了赫尼希太太的鸟儿了，我顿觉怅然若失，林园要再大些就不会出现这等事了。我没钱买下赫尼希太太的地产，也不敢谋害她，这种种局限从四面八方向我袭来。亚哈并不想占那个葡萄园——全是为了使自己的地产完整，他正筹划一条新的地界。而为了使我的林园完整，林园周围的土地都该属于我。有了边界才能有保障。但遗憾的是，新的边界又需要得到保障。否则，喧嚣会越过界墙，小孩子会扔石子。就这样，一大再大，逐步扩张，直到我们与大海接壤。幸运的卡鲁特王！更幸运的亚历山大大帝！这个世界为什么竟成了占有者的极限？但愿载着英国国旗的火箭不久会发射到月球去。到火星、天狼星，再往外……但这样广袤的空间终会令人沮丧失望。我不能设想自己的林园注定会是征服宇宙的核心——太狭小了，没有任何矿产，只结一些黑莓。当赫尼希太太的鸟儿再次受惊飞起，我也很不高兴；它完全飞离了我们，深信它只属于它自己。

第三，财产使它的主人感到应该用它来办点什么事，但他又不清楚究竟要办什么事。不安宁的心情占据了他，他模糊地感到需要表现自己的个性——同样的感觉（但不模糊）驱使艺术家进行创造活动。有时我想砍倒剩余的树，有时又想在树间空地补栽新苗，两种冲动都很矫揉造作和空虚，既没有诚心以此获利，又不打算以此美化林园，都源自于表现自我的愚蠢愿望，出于缺乏享受已有财产的能力。在人的心灵里，创造、财产和享受组成一个邪恶的三位一体。创造和享受两者都不错，但要是没有物质基础，则往往无法办到。这时，作为一种替代选择，财产插了进来自荐："接受我吧，我于大家都有利。"其实，并不很有利，正像莎士比亚谈到淫念时说的："精神损耗于羞耻之中，"——"事前令人感到喜悦，事后恍若一梦。"然而，我们不知道如何避免，它被我们的经济体制作为饥饿的替换物强加给了我们，这也是灵魂深处的内在缺陷所强加于我们的负担，认为财产之中蕴藏着自我发展的胚胎，蕴藏着优雅或英勇行为的根源。我们在世上的生活本是——也应当是——物质的和肉体的存在，但我们还没有学会如何适当地处理物质利益和享受之间的关系，两者仍然同占有欲纠缠在一起，用但丁的话来说："占有与丧失同一"。

而这把我们领入了第四点，即最后一点：黑莓。

在稀疏的丛林里，黑莓结得并不多，站在横穿林园的公共小道上便可一览无遗，伸手摘取也毫不费力。毛地黄，人们爱攀摘；受过些教育的女人，甚至伸手去采毒菌，以便在星期一的课堂上显示显示。另外一些受教育较少的女人，则搂着男朋友在蕨草地上打滚。这儿扔下纸，那儿留下罐头盒。天啦，我的林园还属不属于我？倘若属于我的话，我是否最好不让任何人入内？在林蒙雷基地方有一处林园，不幸也有一条公共小道穿过，但它的主人在这个问题上毫不犹豫。他在路的两旁筑起高大的石墙，墙间以桥横跨。当公众像白蚁般来回走动其间，他却在饱餐黑莓，但谁也看不见他。这个能干的家伙，名副其实地拥有他的林园。戴夫斯在阴间的表现不错，他与拉撒若斯之间的鸿沟能被意念跨越，但这儿什么也无法通过。说不定哪一天，我也会这样做。我将在路边筑起墙，园边围起篱笆，让我能够真正领略拥有财产的甜蜜。身躯庞大，贪得无厌，冒充创造，极端自私，我将为自己编织一顶偌大的财产王冠，直到那些布尔什维克走到跟前，重又把它摘下，然后把我推入黑暗。

温馨与光明

世界散文精品集丛书

◆**作者简介：**

米尔恩（1882～1956）

英国儿童文学作家、散文家。其代表作有儿童诗集《当我们还很幼小的时候》，童话故事《小熊温尼》和《菩角小屋》等。

橘 颂

在一年的诸种水果中，我要投柑橘一票。首先，橘子四季常有——虽然不是四季都在结果，至少水果店里是常有卖的。在餐后甜食以一把巧克力和姜糖来冒名顶替的日子，在两颗干梅和一片大黄便美其名曰混合果品的时候，橘子无论多么酸，总会理直气壮地出来解救困境。而在水果丰盛的季节，即使樱桃、草莓、木莓和醋栗摆满一桌，争鲜竞美，仍然少不了成熟甜蜜的橘子的地位。对于饮食有方的人来说，奶油面包，牛排羊肉，腊肉鸡蛋，并不比橘子显得更加不可缺少。

最普通的水果顶好是可夸耀的品类。要论橘子的长处，我没有足够的篇幅一一称颂。橘子特有的长处很多，它有益于健康，比如可以医治流感，可以改善我们的面容。橘子一尘不染，无论谁把它拿到你的桌上，都只能触到它的表皮，这层外衣将被剥掉，留在厅里。橘子呈圆形，青少年可用它来代替板球玩耍。橘子的核可用来弹击敌人。一小块橘皮，足以使一个老先生滑一跤。

然而，这一切都不足挂齿，倘若橘子不具有那甘美宜人的味道。对此，我不敢放任自己恣意评说。我对橘子的甜蜜无限倾倒，以致憎恨有人结婚，因为那意味着采摘一些新鲜的橘子花，断送掉许多金黄果实。不过，这世界还得延续下去。

次于橘子的水果，我得推樱桃了。樱桃是一种可以做伴的水果。你尽可以一面读书或者谈话，一面享用樱桃；你尽可以心不在焉地把一颗又一颗樱桃送进嘴里，当然你得注意别把核吞下肚去。而在嘴里去核的麻烦，却令你充分领略到樱桃的滋味。樱桃的细茎，使你不会弄脏手，还可以让你玩一种游戏，用嘴去咬穿在线上或浮在水面的樱桃。还有，我们可以用樱桃来揭示人生的大奥秘——看你何时与某人结婚，看她是真心爱你，还是由于看上了你的钱财虚名。（或许我可以在这儿补充一句，我知道一个女子，她能用舌头把樱桃的细茎打个结。这是一项绝技，我不知道是否也可以算作樱桃的长处之一。）

草莓只有两种吃法，一是到草莓地里去挑着吃，一是把它放在盘里捣烂来吃。第一种吃法一般要求我们躬身弯腰——遇上烈日炎炎，会晒得你毛焦火辣；无论何时，这对于头发都是莫大的损伤。第二种吃法得由我们亲自进厨房去办，还得穿上晨衣，不宜被旁人看见。由于这些缘故，我认为对草莓的估价太高了。然而我得说，我喜欢看见一颗草莓浮在盛着苹果酒的杯里，它会使饮宴大为增色，餐桌上无论有什么缺点都会被辉映了。

木莓本是种好水果，但总是被玷污。一颗单独的木莓也许算得上最好的水果，但你几乎不可能发现它洁身独在，我并不是指它常常同红醋栗放在一块儿，而是说它上面常附着许多小虫子。这些低级动物追求享受的本性，在贪吃木莓上暴露无遗了。如果你要吃木莓的话，必须用手去摘，仔细把上面的虫子弹个干净，然后才能屹。

当你雇用园丁时，首先必须和他就桃子达成谅解。处理这事的最好办法，是把胡萝卜、黑醋栗和大黄归他，千里光和胡桃树也可以由他采摘，但是反过来你必须坚持桃树得归你，留给你随心所欲地摘取。如果他为人正直，一定会同意的。假若达成了圆满的安排，你又有一把镀银的小刀，你可以露天削皮，当场用桃。这样的话，桃子在水果中可以占到个很高的地位。不过，要达到上述条件是很困难的。

醋栗开裂的一头要是错了，吃了会使你窒息，吃西瓜像黑人孩子发现的一样——会使你的耳朵沾巴巴的；红醋栗醋下皮，去了籽，也还是不能令人满意；黑莓只有木莓的弱点，而无木莓的好处；梅子从来吃不到完全成熟的。然而这些水果逢着自己的节令，都是蛮不错的。它们的缺陷只要稍微习惯，我们便可以谅解；事实上，那些短处只不过是初次食用者的个人癖好而已。说到底，这些水果不是四季常有的。

然而橘子却四季伴着我们，这就说明橘子与众不同了。事实上橘子对我们大都颇有吸引力，因为它诚实无欺。假如它快要坏了——我们之中即使是圣贤，也难免有过错的时候——它会从表面坏起，而不从里面。有不少梨子表面看来完好无缺，内部却已腐烂一团。有多少苹果表面看来天真无邪，里面却隐藏着一条肉虫。但是橘子绝没有这种诡秘的坏处，它表里如一。外表即是它内心的明镜；如果你眼快的话，可以看得一清二楚，不让水果商把坏橘子混进你的货袋中去。

❖ **作者简介：**

曼斯菲尔德（1888～1923）

英国女作家。其主要作品有《序曲》、《幸福集》、《国会集》、《已故上校的两个女儿》等。

🍃在 海 边

　　我现在在海边，更确切地说是在岛湾的海滩，脸朝下趴在温暖的白沙上。大海从我面前向远方伸展开来。

　　在我右面是梦幻般的南岛雪山，它如同仙境一样地挂着云雾的帐幕。在我左面是连绵起伏的金色的山峦。两座白色的灯塔像两只俯视着海面的大鸟停在山巅。我身边躺着一只大黄狗，它浑身被海水浸湿，毛也卷曲了。我没穿鞋，也没穿袜子，只穿着件粉红色的连衣裙，头上盖着一顶巴拿马草帽，还拿着把大太阳伞，阿德莱达，我真希望你现在跟我在一起。

　　岩石将深紫色的倒影投在海面上。海水是蓝的，那是罗赛蒂的蓝色；同时又是绿的，那是威廉·莫里斯的绿色。啊，这是多么美好的一天！我要在这儿一直呆到深夜。我要在沙滩上漫步，让浪花冲洗我的双脚，还要到那间叫岩石房的小屋里去痛痛快快地喝茶，吃面包和杏酱。

　　在蓝色的海面上，漂浮着一只挂着橘红色帆的小船。毛利族的渔人归来，他们的渔船在海上扬起了朵朵白帆。还有几个毛利人在海滩上站着。他们穿着蓝色的运动衫，厚裤子卷过膝头，太阳照在他们厚厚的卷发和脸上，使他们的皮肤呈现深琥珀的颜色。太阳还

温馨与光明

照着他们裸露的双腿和有力的臂膀。他们正在拉一条被称为特库提的小船。湿漉漉的绳子从他们的指缝中滑过，然后落在浪花拍进的沙滩上，并组成了神秘的图案。

当新西兰更加人工化之后，她会产生能充分表现她的自然美的艺术家。这话听来有些自相矛盾，然而事实会是这样。

◆**作者简介：**

吉尔伯特·海厄特
（1906～1978）

英国古典文学家、文学评论家、诗人、作家。其作品主要有《古典的传统：希腊、罗马对西方文学的影响》、《教学的艺术》、《天才与天资》、《嘲讽的分析》等。

◐偷听谈话的妙趣

通常，人们都喜欢到陌生的城市中漫游闲逛。我本人最喜欢的城市是巴黎，其次是旧金山，如果仅就其优越的地理位置而言。有些人则爱在自己家乡的城镇中涉足他们尚不熟悉的城区。虽然这种人并不多见。我曾有一、两次东游西逛，走遍了曼哈顿的大街小巷，路上时常见到一些稀奇古怪、妙趣横生的景象。我看见一家出售春药和魔术器械的店铺，一个专门调查不明飞行物的组织的总部以及一些阿尔巴尼亚杂货店和小餐馆。优哉游哉，信步徜徉，真是一个消磨时光的好方式。

但是，你日复一日，走的都是那几条街，搭地铁上班，出办公室到餐馆吃午饭，吃过饭上银行，又回到办公室，最后离开办公室搭地铁回家……你会怎么办？假如你不在乎多花几分钟，倒不妨试着把路线每天改变一下：今天迂回曲折，明天绕大弯。可是，人们大都喜欢选择两点之间最短的路线，结果的情形是男人看姑娘，姑娘看姑娘，人人都看橱窗。间或出现一两个奇装异服、行为怪僻的人。像《蝙蝠》剧中法尔克博士那样——法尔克博士扮成一个硕大无朋的蝙蝠，舞会后，在光天化日之下走过大街回家——"使所有街头顽童大为开心"。

我为路上的行人设计了一种新颖的消遣方式。我应该怎么称呼他们呢？叫"走街串巷者"吧，当然不行，而"散步者"这个词现在已经是指轻便童车。法语中的"flaneurs"当然最确切，但在法国以外的地方用，听起来不免有矫揉造作之嫌。不管称呼什么吧，反正是一种消遣方式，它有益无害，不花分文，这就是：别老用眼睛去注意人家，而要用耳朵去听。我不是要你去监听，或者从头至尾、一字不漏地偷听别人的谈话，我完全不是这个意思。这个游戏的要点是，抓住人家谈话时从耳边一飘而过的半句话，甚至几个字就行了，然后自己发挥想象力。街上的行人交谈起来常常很随便，决不会想可能给人听到，因此，他们会说出往往最荒诞不经、最让人记得住的话。如果你恰巧从旁经过，常会听到几句表面像是毫无意义、其实十分有意思的话。

五十年代有一天，我在梅迪逊大街停下来，等着亮绿灯好过马路。这时，有两个男人走到我的一侧，两个姑娘走到我的另一侧，当时我心里有事，根本没想听他们讲什么。正当红灯换绿灯时，一个男人对另一个很认真地说："咱们还可以从瑞士再搞到一百万。"而两个姑娘中的一个咯咯笑着说："后来，她又嫁了另外那个男人！"余下的内容就靠你自己去补充了。又有一次，在四十九大道和派克大街的路口，一个大胖子（几乎附在我耳边）说："成千上万块保险金，这下连一个钢镚儿都不值了！"过了一会儿，一个模样很俊，但显得心烦意乱的母亲弯腰对一个约摸五岁的小男孩说："不过，亲爱的，你的两个爸爸都爱你呢！"有时，一鳞半爪、稍纵即逝的谈话比这些更为直截了当些。声音大得像卡车把一满车砂石倾倒进坑道里："兴许会犯法，但不是办不到"（在四十七大道和第六大街的路口）。一个温和得像甜食果冻一样的声音说："穿羊皮贴身内衣，老天爷，那不像头戴呼吸器的潜水员吗？"（在五十二大道和第三大街的路口）。

说外国话的人，一般都自以为他们的讲话谁也不懂。我认识一位女士，她是在阿根廷出生长大的。她不肯再坐纽约的地铁，因为她无法忍受那些男乘客用他们以为她听不懂的西班牙语对她的长相和体形评头品足。一个星期天，我散步到联合国大厦附近，看见一对风度优雅、四十出头的夫妇迎面走来：他们衣着讲究，派头十足，一望而知是外交界人士。他俩悠闲自在、漫步徜徉着，处于无人打扰的平静中。然而，就在他们走到我的身边时，男的忽然转过脸，对着女的几乎是愤怒地说道："iDinero! iDinero! iSiempre dinero!"——"钱！钱！老是钱！"可那女的连头都没歪一下。

　　一旦你的耳朵适应了捕捉人们谈话中的片言只语，那么，几乎不管你在哪里都可以玩玩这个游戏。一天，我在伦敦工人区闲逛，随便进了一个小酒店。刚推开转门，便听到一阵哄堂大笑。我正要吩咐来一杯浓淡合宜的啤酒，话未出口，就听一人大声说："老山姆这家伙真怪！那天他光着身子，下面只系那么一条疝气带，就跑到考文特花园去散步了！"

　　鸡尾酒会上，也不妨试试这个手段，难是难点，不过值得一试。通常，在我刚刚被莫名其妙地介绍和一个妇人相识后，总是一边听她眉飞色舞、滔滔不绝地谈话，一边支起耳朵，听我的前后左右发出的四五个不连贯的句子。比方说，她正在告诉我林肯中心的根本问题是什么，与此同时我还听见别人在讲"……他跟她讲，他要把她宰了，他险些真的干了……"或者"……欠出版界所有人钱……"等等。

　　荷马有个经久不衰，被人用滥了的比喻："生着翅膀的语言。"上述的那些只言片语就长着翅膀。它们宛如蝴蝶在空中飞来飞去，趁它们飞过身边一把逮住，那真是件乐事。有的蝴蝶也许带刺，但那刺绝不是为你准备的。

温馨与光明

世界散文精品集丛书

❖作者简介：

德莱塞（1871～
1945）

英国作家。其主要作品有小说《欲望三部曲》、《金融家》、《巨人》、《斯多嘎》、《天才》，政论散文《美国的悲剧》等。

我的梦中城市

　　它是沉默的，我的梦中城市，清冷的、肃穆的，大概由于我实际上对于群众、贫穷及像灰沙一般刮过人生道途的那些缺憾的风波风暴都一无所知的缘故。这是一个可惊可愕的城市，这么大气魄，这么的美丽，这么的死寂。有跨过高空的铁轨，有像峡谷的街道，有大规模攀上壮伟城市的楼梯，有下通深处的踏道，而那里所有的，却奇怪得很，是下界的沉默。又有公园、花卉、河流。而过了二十年之后，它竟然在这里了，和我的梦差不多一般可惊可愕，只不过当我醒时，它是罩在生活的骚动底下的。它具有角逐梦想、热情、欢乐、恐怖、失望等等的哗鸣。通过它的道路、峡谷、广场、地道，是奔跑着、沸腾着、闪烁着、朦胧着，一大堆的存在，都是我的梦中城市从来不知道的。

　　关于纽约，——其实也可说关于任何大城市，不过说纽约更加确切，因为它曾经是而且仍旧是大到这么与众不同的，——在从前如此，现在亦如此，那使我感到兴味的东西，就是它显示于迟钝和乖巧，强壮和薄弱，富有和贫穷，聪明和愚昧之间的那种十分鲜明而同时又无限广泛的对照。这之中，大概数量和机会上的理由比任何别的理由都占得多些，因为别处地方的人类当然也并无两样。不过在这里，所得从中挑选的人类是这么的多，因而强壮的或那种根本支配着人的，是这么这么的强壮，而薄弱的是那么那么薄弱——又那么那么的多。

我有一次看见一个可怜的、一半失了神的而且打皱得很厉害的小小缝衣妇，住在冷街上一所分租房子厅堂角落的夹板房里，用着一个放在柜子上的火酒炉子在做饭。在那间房的四周，她的充分空间就是可以大大地跨三步。

"我宁可住在纽约这种夹板房里，不情愿住乡下那种十五间房的屋子。"她有一次发过这样的议论，当时她那双可怜的没有颜色的小眼睛，包含着那么的光彩和活气，是我在她身上从来不曾看见过，也没有再见过的。她有一种方法贴补她的缝纫的收入，就是替那些和她自己一般下等的人在纸牌、茶叶、咖啡渣之类里面望运气，告诉许多人说要有恋爱和财气了，其实这两项东西都是他们永远不会见到的。原来那个城市的色彩、声音和光耀，就只叫她见识见识，也就足够赔补她一切的不幸了。

而我自己不曾感觉到过那种炫耀？现在不也还是感觉到吗？百老汇路，当四十二条街口，在这些始终如一的夜晚，城市是被从西部来的如云的游览闲人所拥挤。所有的店门都开着，差不多所有酒店的窗户都张得大大，让那种太没事干的过路人可以望望。这里就是这个大城市，而它是醉态的，梦态的。一个五月或是六月的月亮将要像擦亮的银盘一般高高挂在高墙间。一百乃至一千面电灯招牌将在那里雾眼。穿着夏衣戴着漂亮帽子的市民和游人的潮水；载着无穷货品震荡着去尽无足重轻的使命的街车；像嵌宝石的苍蝇一般飞来飞去的出租汽车和私人汽车。就是那轧士林也贡献了一种特异的香气。生活在发泡，在闪耀；漂亮的言谈，散漫的材料。百老汇路就是这样的。

还有那五马路，那条歌唱的水晶的街，在一个有市面的下午，无论春夏秋冬，总是一般热闹。当正二三月间，春来欢迎你的时候，那条街的窗口都拥塞着精美无遮的薄绸以及各色各样缥缈玲珑的饰品，还有什么能一样分明地报告你春的到来吗？十一月一开头，它便歌唱起棕榈机、新开港以及热带和暖海的大大小小的快乐。及到十二月，那么同是这条马路上又将皮货、地毯，跳舞和宴会的时候，陈列得多么傲慢，对你大喊着风雪快要来了，其实你那时从山上或海边回来还不到十天哩。你看见这么一幅图画，看见那些划开了上层的住宅，总以为全世界都是非常的繁荣、独出而快乐的了。然而，你倘使知道那个俗艳的社会的矮丛，那个介于成功的高树之间的徒然生长的乱莽和丛簇，你就觉得这些无边的巨厦里面并没有一桩社会的事件是完美而沉默的了！

我常常想到那庞大数量的下层人，那些除开自己的青春和志向之外再没有东西推荐他们的男孩子和女孩子，日日时时将他们的面孔朝着纽约，侦察着那个城市能够给他们怎样的财富或名誉，不然就是未来的位置和舒适，再不然就是他们将可收获的无论什么。啊，他们的青春的眼睛是沉醉在它的希望里了！于是，我又想到全世界一切有力的和半有力的男男女女们，在纽约以外的什么地方勤劳地这样那样的工作———爿店铺，一个矿场，一家银行，一种职业，——唯一的志向就是要去达到一个地位，可以靠他们的财富进入甚至留居纽约，支配大众，而在他们认为是奢侈的里面奢侈着。

你想想这里面的幻觉吧，真是深刻而动人的的催眠术哩！强者和弱者，聪明人和愚蠢人，心的贪馋者和眼的贪馋者，都怎样地向那庞大的东西寻求忘忧草，寻求迷魂汤。我每次看见人似乎愿意拿出任何的代价——拿出那样的代价——去求一啜这口毒酒，总觉得十分惊奇。他们是展示着怎样一种刺人的颤抖的热心。怎样的花愿意出卖它的美，德行出卖它的最后的残片，力量出卖它所能支配的范围里面一个几乎是高利贷的部分，名誉和权力出卖它们的尊严和存在，老年出卖它的疲乏的部分，以求获得这一切之中的不过一个小部分，以求赏一赏它的颤动的存在和它造成的图画。你几乎不能听见他们唱它的赞美歌吗？

❖作者简介：

埃尔文·B·怀特
(1899~1985)

英国散文家、评论家。其主要作品有《竖琴》、《角落上的第二棵树》、《每天都是星期六》等。

 大海和吹拂着的风

　　无论是在睡梦中或是醒着，我总要想到船——通常总是想到那些被帆微微牵曳着的相当小的船。当我想到我生命中有多么大的一部分时间是在睡梦中消逝，当我想到在我的全部梦的世界中竟有那么多的境界都是与这小小的船只有关时，我不禁要替自己的健康状况担忧起来，因为有人告诉我，经常随着臆想中的微风航行至虚幻的彼岸可不是个好的征兆。

　　我发觉大部分人在跨入理发室后总得等待，于是便在椅子上安然坐下，拣起一本杂志浏览。而我则是坐下来，继续我那在大海中航行的遐想。那是在五十余年前开始的，迄今尚未续完。在东部地区，不管是等候上火车还是就诊牙医，没有一个候车室或候诊室不是被我当作舵舱的。每当列车启动，或者牙钻开始嗡嗡地旋转时，我总是在调整我的风帆的方位。

　　倘若一个人非得对某件东西着迷不可，我以为一条小船同样能使你迷恋，也许比大多数物件更令人缱绻。一条小巧玲珑的航船不仅美观，而且富有魅力，既充满奇特的期望，又隐示未来的困扰。假如碰巧这是一条机动游艇，那当然是由人的忙碌不停的大脑设计的最为紧凑、最为精巧的供人生活的设施——一个平稳但并非静止

的家，它的形状与其说像一只鸟，倒不如说更像一条鱼或一位姑娘。全速行驶也好，任意漂泊也罢，如同他有心在岸上操劳日常事务那样，主人在船上尽可以将岸上的日常琐事远远地抛诸脑后——有客厅、卧室，外加浴室，全部漂浮着，充满了盎然生机。

那些对生活中的齐整和紧凑颇感头痛的人，在一艘停泊在一个背风的港湾里的三十英尺长的帆船的舱室里常常能得到安抚他们的艰辛的慰藉。在这里，家的有条不紊的模样就展现在眼前，它匍匐在浪花泡沫之上，悬浮在海底和天穹之间，时刻准备于翌晨在帆布的奇迹和绳索的魔力的驱使下继续航行。人们从摇篮到走向坟墓，几乎总是在他们的心灵的隐处藏匿着这种船，这是无须大惊小怪的。

我曾经有过许多船，在海上排起来足有一长列，其中许多是冒牌货和替代品。随同我的船梦的消逝，我对这些船的所有权也消失了。自孩提时代起，我就试图拥有某种可供航行的玩意儿，以便颤颤嗦嗦地张帆行驶。如今我已七十有余，我仍有一艘船，依然哆嗦着扬起我的帆，响应无情的大海的召唤。为什么大海对我有如此大的诱惑力？无论是在现实之中或是在梦的幻境，这种扬帆的动力究竟来自何处？我初次见到大海时，大海可憎可恨。记得四岁那年，我被带到罗谢尔滨浴场。我经历的一切都让我惊醒，令人反感：海水留在嘴里的咸涩味，木制浴盆讨厌的寒意，遍地皆是沙粒，海涂的恶臭。我怀着既恨又怕的心情离开了大海，后来，我发觉曾经使我畏意丛生和憎恶不已的大海，如今对它是既害怕又钟爱了。

我返回了必不可少的大海，因为它能漂浮小船，虽然我对船只的知识只是凤毛麟角，可是我就是无法将它们从我的思绪中移开。我成了一个飘游的孩童。大海心照不宣地向我提出了挑战：风、潮、雾、礁石、船钟、大声呼救的海鸥、天气的无休止的恐吓和讹诈。一旦让风鼓满了我的帆肚，我就难以松开我的舵柄子；仿佛我抓住了一根高压电线，欲想挣脱已不能了。

我喜爱独自出航。大海在我的眼里如同一位姑娘——我不喜欢

世界散文精品集丛书

还有别的什么人伴同。因为缺乏航行知识，我想出了不少处理问题的方法，结果常常把事情弄得一团糟，因而未能学会正确的航行方法。时至今日，我仍无法熟练地驾驭，纵然我终生都在航行。直至二十五岁那年，我才发觉世上竟有航海图表存在；在那以前，我就像早期的探险家那样心中无底，只得小心翼翼地驾驶。待到而立之年，我才学会将一卷扬帆索挂在应该挂的羊角上。先前，我只是将它卷下来，在甲板上"砰"的一甩了事。我老是遇到这样那样的麻烦，反过来我又发觉我在自寻烦恼。出海航行已由不了我自主：瞧，船就泊在那儿干系着，随波颠簸着，而风又在那边徐徐地吹着；我别无选择，只得出海航行。我早期的船只小得如此可怜，因此一旦风止了——涉水将它推回家或者用桨把它摇回去。后来，我逐渐适应了驾驭那种只有风大到一定程度方能行驶的帆船。当我首次在这种船上起锚离港时，大概花了一个小时的辰光我才抛却锚索。即使时至今日，虽然我记得我在海上已经短促地航行过上千次，想到在海鸥的嘲笑声中和在空空的主帆发出的吱嘎声中我将锚索抛却时，依然不寒而栗，难以忘怀。

往后的几年中，我意识到了我的航行已不仅是一种简单的觅取欢愉的源泉，因而航行渐渐地成了一种不可短缺的活动。瞧，船就在那边泊着，晨风在微微地吹拂着——如今航海纯粹是为了维护面子。我正如一个醉鬼，一生中离不开酒瓶。对我来说，不去航行则不成。诚然，我很明白我与风已失去了联系，而且事实上已不再喜欢风了。风将我吹得晃荡不已，风仅如此而已。我真正喜欢的倒是风平浪静的日子，周围的一切都是那么宁静。我的脑际产生了这样一个大疑问，即一个讨厌风的人是否还该继续设法扬帆行驶。但这只是一个心智的反应——先前的渴望在我的身上始终不泯，那是属于过去、属于青年的渴望，所以我在过去和现在之间痛苦地徘徊，这是人到晚年的一种通病。

一个人该在何时告别大海？他一定是非常眩晕、非常踉跄的吧？

他要在奋发向前时离别或是等到他铸成诸如掉入大海或因风帆的偶尔改向而被摔倒这样的大错之后才罢手？去年秋天，我花了不少时间对这一问题反复琢磨权衡。终于，当我得出我已到了路的尽头这一结论时，我给船坞写了一张便笺，要求将我的船只搁置起来拍卖。我说我要"与水解缘"了。但当我把这句话打下字来时，我怀疑我是否吐过一丝真言。

如果无人前来认购，我知道会出现何种情况：我去要求船坞将船置入港内——"直至买主光临"。然而，当温和的东南风在港湾窸窣作响时——那是轻柔、稳定的清晨的凉风，捎来了远方湿漉漉的世界的色泽，也带来了使人返回起点的气息，将他与既往的一切联系起来——我又会像过去那样跃跃欲试，又会茫然不知所措。单帆小船又将出现在我的眼前，又有风在微微地吹拂，我又将起锚出航。当我驶过托利群岛附近的纺锤形航标、闪避阀式浮标和系索桩时，麇集在暗礁上的藓草将会记下我的航线。"那个老伙计又出航了，"人们会这么说，"再次驶过他那小小的好望角，再次征服他那波涛汹涌的西风带。"我将握紧舵柄，再次感受到风赋予小船的生命，我又会嗅到先前那样险峻的气息，这是一种在我的身上注满活力的险象：咸涩世界的残忍美，船底甲壳动物的无数利刃，海胆的尖刺，水母的螯针，蟹的钳。

❖作者简介：

托马斯·奥弗伯里爵
士（1581～1613）

英国诗人。其代表作有《妻子》和散文集《人
物记》。

美丽快活的挤奶女

　　一个村姑，完全不假脂粉来增添颜色，然而顾盼风流，足以使
一切膏沐减色。她懂得得一张秀靥并非盛德之饰，因遂置之不顾。
一切优点美质在她的身上是那么处境安详，几如悄悄潜入一般，全
然不知不识。她的裙裾的衬里（即伊肢体）要比她那服装的外表更
为强胜。虽然她周身不是用取自茧丝的绮罗装成，但却朴质无华，
秀丽天成。她不曾因早晨迟起而损害容颜身体；自然教导她慵懒贪
睡会使灵魂生锈，因此她每天总是随着商答克里（即其女主人雄鸡
也）一同起身，而夜晚则以羊儿入圈之时为其晚钟。她挤奶时，奶
头经她纤指一捏，仿佛过了甜美的榨机一道，奶也出得更纯白可爱；
不曾有手套上的脂粉气味窜入其中。她收割时，金黄的麦穗应手而
倒伏礼拜在她的脚下，仿佛甘受其束，甘受其缚。她不待兰芷香萍
而吐气芳馥，终年散发着六月般的清香，如新积的草堆那样。她的
手因劳作而变坚，但她的心却因怜悯而变柔；而当冬日的晚间夜来
较早时，她总是欢坐纺机之前，面对令人眩迷的命运的纺车，吟哦
一首反抗之曲。她做每件事情都是那么优美，似乎她天生不会做坏，
既然她总是存心把事做好。她的千年所得多花费在下一次的集市之
上，而在挑选衣服时，美与不美全在是否体面大方。花园与蜂房便

是她的全部医疗与药物，而她却活得很长。她敢单独外出，夜间敢去给羊开门而不怕邪恶，因为她自己便心无邪念：但她实际上并不孤独，因为她不论走到哪里，总是伴随着古老的歌曲与诚实的思想，以及祈祷；往往很短，但却灵验，不是那么絮絮叨叨，使人生厌。最后，她的清梦是那么纯洁，她并不怕说给别人；唯独礼拜五夜晚的睡梦她有禁忌：她不敢告人，畏惧触犯。这就是她的生涯，而如果一旦死去，她但愿是个春天，这样她的殁布之上好插满花枝。

❖作者简介：

托马斯·德·昆西
（1785～1859）

英国散文家、文学批评家。其作品有《自传》、《来自深处的叹息》、《英国邮车》和《被看成是一种艺术的谋杀》等。

🍃流 沙

　　幽美的丧钟，那来自迢迢的远方，悲泣着清晓之前逝去者的钟声，把我从傍岸的舟中惊醒起来。这时，冥冥的曙天刚才破晓，朦胧昏暗之中，我瞥见一个少女，头上盛饰着节日的白玫瑰花冠，正沿着孤寂的海滩跑去，神情异常紧张。她简直是在狂奔，不时地又回眸顾盼一下，仿佛身后有恶人追踪。但是当我跃上海岸，赶了上去，想警告她前面危险，但是天啊！她却将我甩掉，好像避去一桩新的祸害，因此我虽高声嘶叫前有流沙，也终归无效。她越跑越快，绕过了一座岬角，便不见了，霎时间，我也绕到那里，但只见那险恶的流沙已使她遭到灭顶之灾。这时她周身覆没，只剩下那秀美的头额，以及头上的玫瑰王冠，泣对着那垂怜的苍天；最后，唯一还能瞥见的，是一只皓白的玉臂。凭着晨曦的微明，我眼见着那秀美的头颅沉入深渊——眼见着那只玉臂，伸出在她的头顶与那险恶的坟墓之上，抬呀，摆呀，伸呀，抓呀，仿佛向着云端透出的一只欺诳的手臂呼救——眼见着它呼出最后的希望，接着，最后的绝望。头颅、花冠、玉臂——一概沉沦；临了，那残酷的流沙把这一切都埋封地下，这个美丽的少女在天地之间没有遗下一丝痕迹，只剩得我的一掬天涯清泪而已，而这时，海潮正徐徐涌动，来自眼前荒漠般水面上的钟声，在这个幽骨的茔墓之畔与凄厉的晓天之际，吟哦着一阕悱恻的安魂哀曲。

温馨与光明

世界散文精品集丛书

◆**作者简介：**

伊莱亚斯·卡内蒂
（1905～1994）

英国德裔作家。其代表作有长篇小说《迷惑》，剧本《婚礼》、《虚荣的喜剧》、《确定死期的人们》，文化哲学著作《大众与权力》以及游记《马拉喀什之声》，三部回忆录《得救的舌头》、《耳中火炬》和《眼波》。1981 年获诺贝尔文学奖。

不可捉摸

黄昏，我朝着市中心的大广场走去。我去那儿，并非为了观赏繁华热闹、生气勃勃的景象。对于那些我早就司空见惯了。我是去那儿寻找地上一小堆褐色的东西。它发出的甚至不是声音，而只是一个单独的音素。这是一个拖得很长的、嗡嗡作响的低音"啊—啊—啊—啊—啊—啊—啊—啊"。音量不降低，也不升高，然而它却持续不断地响着，甚至从广场上各种嘈杂的呼叫声中也总能让人辨别出来。这是杰马—埃尔—夫那广场发出的固定不变的声音。它通宵达旦地响着，每天晚上都是这样。

离得很远我就竖起了耳朵。一种难以名状的不安感驱使我朝着那个方向走去。其实即使没有这声音，我也会到广场上去，那儿还有很多别的东西吸引着我。我并不怀疑能够重新找到它，找到所有属于它的东西。唯独这种被压缩成单音素的声音使我惶惑不安。这个由接近于生物的东西发出的声音，它所体现的生命，只是由这个音素而不是其他任何东西构成的。一路上我充满渴望却又心惊胆战地侧耳谛听。每当我走到一个地方，而且总是在同一个地方，我会突然听到那种像昆虫发出的嗡嗡声："啊—啊—啊—啊—啊—啊—

啊—啊"。

顿时，一种不可思议的安宁感在我全身扩散开来。在这之前我的脚步还有些犹豫，而眼下我朝那声音迈去的步伐突然坚定了起来。我知道它在哪儿。我熟悉地上那一小堆褐色的东西。我所看到的只是一块深色的、粗糙的布料。我从未看见过那张发出"啊—啊—啊—啊—啊"声音的嘴，从未看到过它的眼睛、面颊和脸上的任何部分。我不能断定这是不是一张瞎子的脸，或者说，它能不能看见东西。那块褐色的、龌龊的布料就像一块头巾从上到下遮盖了一切。这生物——它肯定是个生物——蹲伏在地上，在布料下躬起了脊背。它看上去很轻很弱，又不大像生物。这就是人们所能猜测到的一切。我不知道它有多高，因为从未见过它直起身来。从它蹲伏在地上的姿势看，它是那么的低。倘若它发出的声音一旦停止，人们很可能会不知不觉地绊倒在它身上。我没有看见过它走来，也未曾见过它离去。我不知道是有人把它带来放在这里，还是它自己用双脚走来的。

它为自己寻找的这个栖身处一点也不隐蔽，这是广场上最暴露的地方。在它四周，来往的行人终日川流不息。在热闹的夜晚。它声息微弱地蛰伏在人们的脚下，尽管我知道它在哪儿，也一直听到它的声音，却要花很大的劲才能找到它。随后人们从广场上散去了，它的周围变得空空如也，然而它还是在原来的位置上。它躺在黑暗中，就像一件被搁在一边的、龌龊的旧衣裳。这景象如同有人打算扔掉它，又怕引起别人的注意，于是混在人群中悄悄地把它丢在一边。现在人们都走开了，只剩下那堆东西孤零零地蹲伏在那儿。我从来没有能等到它自己站起身来或者被人取走，而总是怀着一种令人窒息的、软弱而又骄傲的感情悄悄离去，消失在黑暗之中。

软弱是针对我自己而言的。我觉得我不会采取任何行动去揭开这堆东西的秘密，我害怕它的形象。因为我无法改变它的形象，所以就让它蹲伏在那儿的地上。每当走近它的时候，我竭力不去碰它，好像一碰它就会伤害它，损坏它似的。每天晚上它都在那儿。每天晚上当我从嘈杂的人声中辨出它的声音，心脏就会停止搏动；当我一看见它的形象，心脏又会再一次停止跳动。对我来说，它来去的道路比我自己往返的道路更为神圣。我从未秘密地跟踪过它。我不知道夜里余下的时光以及翌日清晨它栖身在哪儿。它是一种非同寻常的造物，或许它自己也这么认为。有时候我很想试着用一个手指轻轻地碰一下那块褐色的头巾。它肯定会感觉到我的触动，或许它对此作出反应，还会发出第二种声音。然而由于软弱，我总是很快又打消了想尝试一下的念头。

　　我说过，在我悄然离去的时候还有另一种感情使我感到窒息，那就是骄傲。我为这堆东西而感到骄傲，因为它活着。至于它在人海的底部呼吸时究竟在想些什么，我却无从知晓。它的呼唤声所表达的意义同它的整个存在一样，对我来说，永远是个难解的谜。然而它活着，每天都在相同的时间重新出现在那儿。我从未看见它捡过人们扔给它的硬币。扔给它的硬币少得可怜，至多不过两三个。也许它没有胳膊，不能去拾那些硬币；也许它没有舌头，不会发"Allah"中 l 的这个音，缩短为"啊—啊—啊—啊—啊"。然而它活着，并以无与伦比的勤奋精神、顽强不屈的毅力发着那个单调的音素。它一小时又一小时连续不断地呼唤着，直到整个广场上只剩下这唯一的声音为止。万籁俱寂，只有它的声音在延续……

世界散文精品集丛书

◆作者简介：

波德莱尔（1821 ~
1867）

　　法国 19 世纪最著名的现代派诗人，象征派诗歌
先驱，代表作有《恶之花》。

卖艺老人

　　这是一个盛大的节日。到处是喜气洋洋的度假的人们。那些由于年景不佳而外出卖艺的、变戏法的、耍猴玩狗的以及挑担买卖人都指望着这样的节日。

　　在这样的日子里，我觉得人们把一切都忘记了，不论是工作还是苦恼。他们都变得像孩子似的。对于小孩们，这是休假日，是从那令人恐怖的学校得以解放出来的二十四小时；对于大人们，这是和噩梦般的生活缔结的一次停火，也是无休无止的斗争中和整天的提心吊胆中一次短暂的停歇。

　　不管是在客观世界工作的人，还是致力于精神世界工作的人，都很难摆脱这民间五十年节的狂欢的影响。他们也都是这无忧无虑的气氛里不自觉地扮演着自己的角色。我呢？作为一个真正的巴黎人，从来不错过机会到那些出现在这隆重节日里的神气活现的小店棚去观赏一番。

　　实际上，这些小店棚之间的竞争是非常激烈的，它们都尖叫着，大声唱着并拼命吼叫着。这真是一个叫喊声和铜铁相碰声以及焰火爆炸声的混合。愚仆和小丑们由于风吹日晒雨淋而变得黑瘦干瘪的面孔都痉挛着，他们好像是对自己的演技充满信心的演员，拉着十

分可笑的俏皮腔儿，开着像莫里哀一样戏谑的玩笑；大力士们庄严而神气活现地穿着事先洗好的运动衫，既没有前额也没有颅骨，像猩猩一样，但却为自己胳膊上粗大的肌块而骄傲；美如仙女、艳如公主的舞女们，在小提灯的照耀下跳动着、雀跃着，短小的舞裙上洒满金光。

到处一片光芒、烟尘、叫喊、欢乐和嘈杂；一些人在花费，另一些人在赚钱；不管是花费还是赚钱，人们都同样地兴高采烈；儿童们拽着母亲们的裙边，为了得到几根糖棒；或者趴到父亲的肩膀上，以便更好地观看像神一样令人眼花缭乱的魔术师。到处弥漫着一种油炸食品的香味，这味道压倒一切芬芳，像是为这节日所供烧的香火。

但是，在那一头，在这一排店棚的尽头，我看到一个可怜的卖艺人。就好像是自觉羞愧，他逃到了这华丽的一切之外，他弯着腰，似乎就要摔倒，老朽不堪，活像一具僵尸；他倚靠在他那小破棚子的一根支柱上，那是一间比世界上最不开化的野蛮人的破屋子还要可怜的破棚子，里边点着两块蜡头儿。蜡头流着油，冒着烟，更照出了破棚的丑陋和贫寒。

到处是欢乐、收益和大吃大喝，到处是确有隔夜之粮的安宁，到处是充满生命力的狂热发泄，可这里却是绝对的苦难。尤其令人感叹的是，他穿着这样滑稽的褴褛衣衫，比化装更能形成强烈对照。这是出于他本身的需要。

可怜鬼！他不笑，也不哭，不跳舞，也不做任何手势，不叫喊，也不唱任何歌，不唱欢乐的，也不唱悲哀的，他也不乞求。他哑然静坐。他放弃了，他认命了，他的前途已成定局。

可是，他向人群和光芒所投去的眼光又是那么深邃，令人难忘啊！那人群和光芒的潮水般的骚动离这令人作呕的苦难只几步远。我觉得好像有一只歇斯底里的手掐住了我的脖子，眼里充满了泪水，这泪水滞留在我的眼眶内，使我感到眼前一阵昏花。

怎么办呢？又何必要去问这不幸的老人，在这恶臭的黑暗之中，想要引起什么奇迹呢？在他的已经戳破的幕帐之后，又会有什么奇迹呢？确实，我没敢去问。我这胆怯的理由会使您好笑吧……

我承认我当时害怕使他出丑。

最后，我决定在他那木板上顺手放上一点钱，希望他能明白我的用意。可这时，不知怎么一拥挤，一股人流潮水一样涌来，把我卷得离他远远的。

刚才那一幕，一直在我眼前浮现着。我又回转过来，力图剖析一下我刚才那突如其来的痛苦。我自言道："我刚才见了一个老朽文人的形象，他活过了一代人，并曾是这代人的出色的捉弄者；这又是一副老诗人的形象，没有朋友，没有家庭妻小，被穷困和忘恩负义的公众所贬黜，健忘的人们再也不愿迈进他的店棚。"

◆作者简介：

莫泊桑（1850 ～ 1893）

法国作家。其代表作有《羊脂球》、《项链》、《一生》、《俊友》等，有"短篇小说之王"之称。

雪 夜

黄昏时分，纷纷扬扬地下了一天的雪，终于渐下渐止。沉沉夜幕下的大千世界，仿佛凝固了，一切生命都悄悄进入了睡乡。或近或远的山谷、平川、树林、村落……在雪光映照下，银装素裹，分外妖娆，这雪后初霁的夜晚，万籁俱寂，了无生气。

突然，从远处传来一阵凄厉的叫声，冲破这寒夜的寂静。那叫声，如泣如诉，若怒若怨，听来令人毛骨悚然！喔，是那条被主人放逐的老狗，在前村的篱畔哀鸣：是在哀叹自己的身世，还是在倾诉人类的寡情？

漫无涯际的旷野平畴，在白雪的覆压下蜷缩起身子，好像连挣扎一下都不情愿的样子。那遍地的萋萋芳草，匆匆来去的游蜂浪蝶，如今都藏匿得无迹可寻。只有那几棵百年老树，依旧伸展着槎牙的秃枝，像是鬼影憧憧，又像那白骨森森，给雪后的夜色平添上几分悲凉、凄清。

茫茫太空，默然无语地注视着下界，越发显出它的莫测高深。雪层背后，月亮露出了灰白色的脸庞，把冷冷的光洒向人间，使人更感到寒气袭人。和月亮做伴的，唯有寥寥的几点寒星，致使她也不免感叹这寒夜的落寞和凄冷。看，她的眼神是那样忧伤，她的步履又是那样迟缓！

　　渐渐地，月儿终于到达她行程的终点，悄然隐没在旷野的边沿，剩下的只是一片青灰色的回光在天际荡漾。少顷，又见那神秘的鱼白色开始从东方蔓延，像撒开一幅轻柔的纱幕笼罩住整个大地。寒意更浓了。枝头的积雪都已在不知不觉间凝成了水晶般的冰凌。

　　啊，美景如画的夜晚，却是小鸟们恐怖战栗、备受煎熬的时光！它们的羽毛沾湿了，小脚冻僵了；刺骨的寒风在林间往来驰突，肆虐逞威，把它们可怜的窝巢刮得左摇右晃；困倦的双眼刚刚合上，一阵阵寒冷又把它们惊醒。它们只得瑟瑟缩缩地颤着身子，打着寒噤，忧郁地注视着漫天皆白的原野，期待那漫漫未央的长夜早到尽头，换来一个充满希望之光的黎明。

温馨与光明

❖**作者简介：**

瓦莱里（1871 ~ 1945） 法国诗人、评论家，是后期象征主义的代表人物。其主要诗作有《海滨墓园》等。著名散文作品为《台斯特先生》。

年轻的母亲

这个一年中最佳季节的午后，像一只熟意毕露的橘子一样的丰满。

全盛的园子、光、生命，慢慢地经过它们本性的完成期。我们简直可以说一切的东西，从原始起，所作所为，无非是完成这个刹那的光辉而已。幸福像太阳，一样的看得见。

年轻的母亲从她手里小孩的面颊上闻出了她自己本质的最纯粹的气息。她拢紧他，为的要使她永远是她自己。

她抱紧她所成就的东西。她忘怀，她乐意耽溺，因为她仿佛重新发现了自己，重新找到了自己，从轻柔的接触这个鲜嫩醉人的肌肤上。她的素手徒然捏紧她所结成的果子，她觉得全然纯洁，觉得像一个完满的处女。

她恍惚的目光抚摩着树叶、花朵，以及世界的灿烂的全体。

她像一个哲人，像一个天然的贤人，找到了自己的理想，照自己所应该的完成了自己。

她怀疑宇宙的中心是否在她的心里，或在这颗小小的心里——这颗心正在她的臂弯里跳动，将来也要来成就一切的生命。

❖作者简介:

塞维涅夫人（1626～1696）　　法国散文家。其主要作品有《塞维涅夫人书简集》等。

季节图

　　春天：我心爱的孩子，这封信是为了告诉你，如果你想详细了解什么是春天，应该来请教我。从前，我对此只知道一些表面的东西，今年我进行了仔细的观察，一直到最细微的端倪。你认为一周来树木是什么颜色？你回答吧。你会说："绿色"。完全不对，是红色。树上长满随时准备绽开的幼芽，它们是地地道道的红色；不久，每个嫩芽都变成一片嫩叶，但由于出叶时间先后不一，结果呈现红绿相间的非常姹嫣的混杂。我们瞪大眼睛看着这些树吧；我们可以下很大的赌注——但输了不必付钱——这条路两旁的树木两小时后都将变成绿色；如果你不信，我们就打赌吧。变魔术有一套程式，而山毛榉另有一套。总之，人家在这方面可能知道的东西我都知道了。（1690 年 4 月 5 日于岩石堡）

　　秋天美丽的色调：我到这儿来是为了度过晴朗的季节并且同树叶告别。树叶还没有掉下，只是变了颜色：它们现在不是绿的，而是金黄的，而且是绚烂缤纷的金黄色，构成一幅华丽的金色织锦；即使为了变换口味，我们也会觉得这比绿色更加美丽。（1677 年 11 月 3 日于利弗里）

温馨与光明

我依依不舍地离开这里，我的女儿，田野还是美丽的。那条林阴道和两边被毛虫蚕食过、现在又重新长出叶子的树木，比起春天来更加葱茏；大小篱笆被秋天五彩缤纷的色调装点着，成了画家们心爱的素材；树的叶子有点稀疏了，但人们毫不因为树叶上斑痕累累而感到惋惜；田野的风光大致还是动人的，我独自用阅读来消磨时光；如果我在这儿感到烦闷，是因为你不在我身边。我不知道我在巴黎有什么事可做，那儿没有任何吸引我的东西。我在那感到很不自在；可是善良的修道院院长说有几件事要处理，而这里已经一切都安排妥当了，那么就去吧。这一年确实过得相当快；可是我同你的感觉完全一样：九月份特别长，仿佛有整整六个月那么长。（1679 年 11 月 2 日于利弗里）

冬季的天空：我的女儿，一直到圣诞节前夕，我们这儿都阳光灿烂。那天，我在林阴道尽头散步，欣赏夕阳的景色；蓦然，我看见两旁升起诗意盎然的乌云和铺天盖地的浓雾，我立即逃遁了。直到今天，我都待在房间或小教堂里，足不出户；可是现在，鸽子已经衔来了橄榄枝：大地恢复了秀色；太阳又从它的巢穴里钻出来了，因此我又重新出来散心了。我非常亲爱的孩子，既然你关心我的健康，你也要相信，如果天气恶劣，我会留在炉火边看书，同我儿子和媳妇聊天的。（1689 年 12 月于岩石堡）

格里南的冬天：肖尔内夫人来信说，这儿阳光灿烂，我一定是无比幸福的；她以为我们这儿天天都是明媚的春光。唉！我的表兄，我们这儿比巴黎还要冷一百倍；我们受到各种风的侵袭，有南风，有北风，还有别的什么鬼风，个个争先对我们肆虐。它们争来斗去，看谁有此荣幸能把我们禁锢在房间里；所有的河流都结冰了；罗纳河，这条汹涌湍急的罗纳河，也屈服了；我们桌上的墨水瓶冻结了，我们冻僵的手指不能执笔；我们周围的土地覆盖着皑皑白雪，寒气逼人；群山由于超绝的峭拔变得景色迷人；我日日盼望有一位画家能够把这令人畏惧的壮丽景色描绘出来：这就是我们目前的处境。你把这些话转告肖尔内公爵夫人吧，不然她仍然以为我们在这儿打着阳伞、踏着青草、在橘子树下漫步哩。（1695 年 2 月 3 日于格里南）

温馨与光明

世界散文精品集丛书

◆**作者简介：**

卢　梭（1712 ~
1778）

法国启蒙运动思想家、文学家。其主要文学作品有《新爱洛绮丝》、《爱弥尔》、《忏悔录》、《一个孤独的散步者的遐想》等。

胡桃树

啊，读者们，你们想知道那土台上胡桃树的伟大历史？就请你们听听它那惊人的悲剧吧，如果可能的话，请不要颤抖！

院门外边，进口处左侧有一片土台，下午大家常到那里去闲坐，但那里一点阴凉也没有。为了使它能有点阴凉，朗拜尔西埃先生叫人在那里栽了一棵胡桃树。栽这棵树时仪式相当隆重，我们两个寄宿生作了这棵树的教父。人们往坑里填土的时候，我们每人用一只手扶着树，唱着凯歌。为了便于浇水，在树根周围还砌了个池子。我和我的表兄每天都兴致勃勃地看着人们浇水，我们天真地确信：在这土台上栽一棵树比在敌人堡垒的墙孔上插一面旗帜还要伟大；因此我们俩决心取得这种光荣，而不让任何人分享。

为此，我们砍来一根嫩柳树枝，也把它栽在土台上，离那棵雄伟的胡桃树大约有十来尺。我们也没忘了在我们那棵小树根下围起一个池子。困难的是没有水往里浇，因为水源离得相当远，人家又不许我们跑去提水。但是我们的柳树非浇水不可，因此，那几天我们想出种种诡计来给它浇浇水，成绩果然不坏，我们亲眼看到它发芽，长出嫩叶来。我们不时地量一量叶子长了多大。尽管全树不过一尺高，但我们确信它不久便会给我们阴凉了。

这棵小树占据了我们的整个心灵，弄得我们干什么也不能专心，一点书也念不下去，我们简直就像发了疯。人们不了解我们在跟谁斗气，只好对我们管束得比以前更严了。我们到了真正缺水浇的严重时刻了，眼看着小树要干死，心里实在难受。于是急中生智，我们想出了一个窍门，能保证小树和我们免于一死，那就是在地底下掘一个小暗沟，把浇胡桃树的水给小柳树暗暗引过来一部分。我们积极地执行了这项措施，但是起初并未成功。我们把那个沟的斜坡做得不太合适，水根本不流，土往下坍，把小沟给堵死了，入口处又塞满了一些脏东西，一切都不顺利。但是我们并不灰心。我们又把小沟和小柳树根下的池子挖深了一些，让水容易流过来。我们把小箱子的底劈成小窄木板；先用一些一条接着一条地平铺在沟里，然后又用一些斜放在沟的两侧，做成了一个三角形的水道。在入口处插上一排细木棍，棍与棍之间留有空隙，好像一种铁篦子或澡盆里的放水孔，可以挡住泥沙石块，并且把土踩平。全部完工的那一天，我们怀着希望和恐惧交织在一起的紧张心情等待着浇水时刻的到来；好像等了有几世纪之久，这个时刻终于来到了。朗拜尔西埃先生跟往常一样，来参加这项工作；在浇水的时候，我们俩老站在他身后，以便掩护那棵小柳树；最侥幸的是，他始终是背对着树，没有转过身来。

头一桶水刚刚浇完，我们就看见水流到我们树的池子里。看到这种情景，我们忘掉了谨慎，不由得欢呼起来，朗拜尔西埃先生因此回过头来，这一下可糟糕了！他刚才看到胡桃树底下的泥土大量吸收水分，认为是土质好，心里非常快活；此时，他忽然发觉水分到两个池子里去了，不禁吃了一惊，也大叫起来。他仔细一瞧，看破了诡计，立刻叫人拿来一把大镐，一镐下去，我们的木板就飞起了两三片，他大声喊道："一条地下水道！一条地下水道！"他毫不留情地把各处都给刨了，每刨一下都刨到我们的心上。一刹那间，木板、水沟、池子、小柳树，全都完了，全都被刨得稀烂。在这一

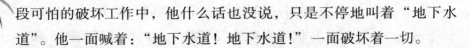

段可怕的破坏工作中，他什么话也没说，只是不停地叫着"地下水道"。他一面喊着："地下水道！地下水道！"一面破坏着一切。

有人也许会想，这件事情必然会给小建筑师们带来不幸，但他想错了，全部事件到此为止。朗拜尔西埃先生并没有说一句责备我们的话，也没有给我们脸色看，也再没跟我们提这件事；甚至过了一会儿，我们还听见他在他妹妹跟前哈哈大笑，他的笑声老远就能听得见。更怪的是，我们除了起初有点惊慌，也没有觉得太难过。我们在别处又栽了一棵树，我们也常常提起第一棵树的悲剧，一提起来我们俩就像背诵文章似的叫道："一条地下水道！一条地下水道！"在此以前，当我以阿里斯提德或布鲁图斯自居的时候，曾不时出现过那么一种骄傲感。这是我的虚荣心第一次明显的表现。我觉得我们能够亲手筑成一条地下水道，栽一棵小柳枝来和大树竞赛，真是至高无上的光荣，我十岁时对事物的看法比恺撒在三十岁时还要高明。

这棵胡桃树以及同它有关的那段小故事，一直非常清楚地留在我的脑际，或者说时常浮现在我的脑际，因此当我于一七五四年到日内瓦去的时候，我最惬意的打算之一就是到包塞去再看一下我儿童时代游戏的纪念物，特别是那棵亲爱的胡桃树。它该有一个世纪的三分之一的寿命了；但是我那时一直有事缠身，不能自主，始终没有满足这种愿望的机会。看来这样的机会也不可能再有了。然而，我并没有因此而放弃得到这种机会的愿望；我差不多可以断定，假如一旦我能回到那心爱的地方，看到那心爱的胡桃树还活着的话，我一定会用我的眼泪浇灌它的。

◆ **作者简介：**

大 仲 马 （1802 ~ 1870）　　法国作家。其代表作有《三个火枪手》、《基督山伯爵》等。

首次登上白山之顶

捷克·巴尔玛是游山的向导，年已七十二岁，他向大仲马述说他于一七八六年冒险攀登白山之顶的故事，这已是四十七年以前的往事了。下面是捷克·巴尔玛登上山顶的经过。

第一次尝试

我拿着一根结实的、用铁包端的手杖，比通常用的手杖加倍的粗和加倍的长；我把军用壶装满烧酒，把面包放在衣袋中，于是我起程了。

三点钟以后，我到达了波森冰场。我穿过冰场，没有感到什么困难。四点钟以后，我到达了大骡坡，这算是初步的成果。我出发前已准备了食物，于是我吃了一些面包，喝了一些烧酒。

我敢向您担保：我对您讲的登山那个时期，在大骡坡还没有建筑起像现在那样平坦的场地，当时大骡坡是艰苦的。而且，我在大骡坡，心中很不安，不知道再爬高时能不能找到一块可以过夜的地方。我左顾右盼，东张西望，没有看到任何一处我想找到的地方，我失望了。我抱着听天由命的思想朝前行进。

又攀登了两个半小时，我找到一块光秃秃而又干燥的好地方。

温馨与光明

这是一块矗立在雪地上的岩石，有六七尺长的面积，正符合我的需要。我不想在岩石上睡眠，只想坐待天明；在岩石上比在雪地强得多了。这时是晚上七点钟，我再吃了一些面包，再喝了一些烧酒，于是我就在岩石上安息度夜。岩石当床，不用长时间的准备，一会儿就安置好了。

在我的左边，是一片广大的、盖着白雪的平原，它向上延伸扩展，和群山中的哥台山峰相联结；在我的右面，靠近手边就是一个深度达八百尺的深渊。我不打算入睡，害怕在睡梦中滚进深渊。我坐在背包上面，两脚在岩石上拍击，两手互相摩擦，借以保持体温。

我时时听到雪块坠落的声音，雪块一面翻滚，一面发出隆隆声，犹如在空中运行的雷声一样。冰块发出炸裂的声响，每次炸裂时，我都感到山在摇动。我既不感觉饥饿，也不感觉口渴，只觉头部奇痛，上自脑壳、下达眉毛的那部分，痛不堪言。当时，雾气仍未消散。我用手帕盖着面孔，以御寒冷。但我呼吸时，吐在手帕上的热气顿时冻结了。雪已把我的衣服弄湿；我仿佛像无衣无裤的裸体人那样寒冷。我一面加速踏脚擦手的动作以取暖，一面放声歌唱以驱除头脑中的各种胡思乱想，我的歌声在茫茫白雪中消失了，没有听到任何回声。四周都是冰天雪地，一切都是死气沉沉的，连我自己的歌声，也使我感到是奇声怪调。我心怀恐惧，便闭口不唱了。

早晨两点钟，东方的天空，渐渐发白。晨曦出现于天际，我感到勇气又恢复了。升起的太阳，和遮蔽着白山的阴云作斗争；我一直希望着太阳驱散乌云。可是四点钟左右时，乌云层层密布，愈来愈厚，而太阳却微弱乏力；我不得不承认，今天我不能继续前进了。当时，我为了不做徒劳而无功的事情，便开始勘查四周的环境；我把整天的时间用来研究冰块，选择最好的通道。傍晚时，雾气弥漫空中，我便下山，到达鸟嘴峭壁，天色已黑。这个晚上比前天晚上过得好，因为我不再睡在冰地上，能够入睡一会儿。夜中我因冷而冻醒了。等到天亮，我立即向山谷走下去，因为我曾对我的太太说：

不超出三天，我一定回来。仅仅到了哥得村时，我的已被冻结的衣服就融化了。

第二次尝试

我刚走出村庄不多远时，就遇见帕卡、喀列和多尔尼，这三个人都当向导。他们都背着背包，握着手杖，穿着旅行的服装。我问他们往何处去；我设想他们是去尝试我所未能完成的事业；尤其是因为日内瓦的物理学家索苏尔先生设立了奖金，奖给首先登上白山顶峰的人，他们更要去一试了。他们离开我后退几步，互相商量着；过了一会儿便来向我建议和他们一起攀登白山，我接受了他们的建议。但我已经答应太太要回家，不能对太太失信，于是我返回家中，对她讲明再去登山，请她不要担心。我穿上长筒袜，换上复套鞋，又准备了干粮。晚上十一点钟，我不再睡眠，又起程登山了。到了深夜一点钟，在鸟嘴峭壁，我赶上了他们三人。鸟嘴峭壁离我前次过夜的地方有四里的路程。这时，他们三人正睡得很熟，我把他们喊醒。一瞬间，他们都起身了。我们四人一起向前行进。大约三时左右，我们到达高台山峰。

当其余三人去察看地形时，把我留在高台山峰，等候他们回来。我利用等待的空闲时间，冒险前去探看；大约行走了四分之一里的路程，便到了悬崖绝壁的地方，它连结着高台山峰和白山之顶。沿着这条路向前走，正像在高空中走绳索，危险万状。尽管这样，假如前面不是罗齐尖峰挡住去路的话，我还要前进，不达目的不止。因为不可能继续前进，我就回到和三个同伴分手的地方。他们三人的背包不见了，只留下我的那个背包。他们三人失去了登上白山之顶的信心，便半途而返了。他们的留言是："巴尔玛是敏捷的人，来追上我们吧！"

我成了一个孤单无伴的人了。当时有两个念头，使我犹豫不决：一个念头是去追赶他们三人；另一个念头是独自尝试攀登。他们不辞而别虽使我生气，但片刻之后，心中起了一个有志者事竟成的念头。于是我决定独自继续攀登。我背上了背包，又启程前进了。那时是傍晚四点钟。

我穿过大盆地，来到勃郎伐冰场，从那里俯瞰，看到麓比爱蒙地区的柯梅欧城和亚斯脱山谷。白天就要变成黑夜了，我急忙找过夜的地方，但过了一小时，什么也没有找到，这使我回忆起前晚宿夜的情景，便决心回家了。我于是走回头路，到达大盆地时，皑皑白雪的光芒刺坏了我的双目，任何东西都看不清楚了。我头晕目眩，觉得眼前有大红点纷纷飞舞。我坐下来休息养神，闭着双目，低垂脑袋用双手托着。半小时后，我的目力才恢复，但夜幕已降临，要抓紧时间快快下山。

我仅仅走了二百步，用手杖触地，感觉到脚下没有冰了，原来前面横着一条巨大的裂缝，我正在裂缝的边缘。

我对这条裂缝说：“啊！我认识你。”真的，巨大的裂缝上面，有一冰桥，冰桥上面铺着一层雪，今天早晨，我们就从冰桥上走过去。我寻找这冰桥，但天色愈来愈黑，我的目力渐渐失灵，竟无法找到这冰桥。我的头部又发昏了，既不想喝水，又不想吃东西；胃部剧痛，心头发慌。当时我势必在裂缝旁边停留，等待天明。我把背包放在雪地上，用手巾代替遮风的帘布盖在面部。我尽一切可能做好度过寒夜的准备。这时，我好像处在比这几天更高二千尺的地方，寒气刺骨，雪片冰人。心中充满着忧愁，一种急切想睡的念头使我难以抗拒，我担心着死神的来临，我非常明白，这种种忧惧的思想和急切想睡的念头都是不祥之兆。假如我不幸闭上眼睛，就有永远不再张开眼睛的危险。从我安身之地，我看到在万尺之下的查摩尼村闪着灯光，想来那三个登山的伙伴正在火炉旁，或者正在床上享受着又温暖又安静的生活吧。

大约两点钟左右，我看到地平线上现出了一道白光，像我已经对你说过的那种白光。我第一次看到乌云笼罩着白山，它像戴上假发似的。每逢天气不好时，就发生这种现象，遇到这种情景，就不要再登白山了。我熟悉情况，所以小心留神，便向山谷走去，两次登山，徒劳无功，心中虽懊恼，但并不灰心。五点钟以后，我到达我的村庄。我把自己关在堆干草的屋子里，躺在干草上睡着，酣睡二十四个小时才醒转来。

登白山之顶成功了

三星期过去了，天气还没有好转，但我作第三次尝试的热情并未降低。派卡医生是我对您讲过的那位向导的亲属，他想和我一起登山。因此，我们约定，天气一晴朗，我们就一起出发。一七八六年八月八日，我觉得天气变好，可以冒险登山了。我去找派卡，对他说："喂！医生，你爽直说吧！你的决心是否可靠？你不怕寒冷和冰雪？你不怕悬崖和绝壁？"

派卡回答说："巴尔玛，我和你一起去，什么也不怕。"

我开着玩笑说："那好，现在是时候了，就去攀登那座小山吧。"

就在当天的晚上，我们登上哥得山坡的顶点睡下；哥得山坡是在波森冰场和塔空耐冰场之间。我带了一条毯子，我用这毯子像包裹小孩一样包裹在医生身上。由于有了这种护身物，医生度过比较好的一晚。至于我自己呢，我入睡后，一直睡到一点半钟左右时才醒转来。到两点钟，东方发白。不久，太阳渐渐上升，没有云没有雾，天空多么光辉，多么美丽，我们遇到了非常好的日子，我喊醒医生，一同出发了。

我们在山上攀登了两小时，过了盆地以后，狂风向我们吹来，而且风吹得愈来愈烈。以后，我们到达小骡岩石的高顶，一阵猛烈的暴风把医生的帽子吹跑了。我听到他的叫喊诅咒声，转过头来，看到他的毡帽被风吹到柯梅城那方面去了。他张开着双臂看着他的毡帽被风吹去。

我对他说："唉！医生，算是倒霉吧，我们不能再见到它了。它

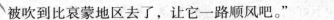

被吹到比哀蒙地区去了，让它一路顺风吧。"

狂风好像爱开玩笑似的。我刚说完这句话，就吹来一阵猛烈的狂风，我不得不立即躺下，腹部着地，背部朝天，以避免帽子被狂风刮走，经过十分钟，我还不能站立起来。风凶猛地冲击着山岳，旋风中挟着大如房舍的雪块在我头上呼啸而过。等到风势稍退，我就站起来继续前进，但医生站不起来，用两手两脚爬着前进。我们到达一座山峰，从那儿可以遥见下面的村庄。

这时，医生用尽气力才站起来，但无论如何对他劝说和鼓励，也不能使他下定决心继续登山。于是我对他说，我回来后看他，说完后我独自一人攀登了。

从此以后，路程中未遇到极大困难，不过愈爬愈高时，空气逐渐稀薄，呼吸短促了。我像是一个肺结核病患者，每走几步就停息一会。我仿佛感觉到失去肺部器官，又好像胸腔是空空的。四分之一里路程，我须用一小时的时间行走。我低下头一步一步地向上爬着。但当我看到已经到达一个从未见过的山顶时；我便抬起头一看，我终究登上白山之顶了。

我担心着这不是真的事实，于是我看看四周，惊喜地发现新奇的尖端；我再没有攀登的气力了，我的双腿支持不住了。唉！我不用再攀登了，我已经完成我登山的任务。我登上了从来没有人到过的白山之顶，甚至雄鹰和羚羊也未来过。我没有其他任何的帮助，只是我的毅力和精力使我独自登上白山之顶。周围的一切好像是属于我的了。天啊！我变成子自由之王了。白山是一座高大的宝座，我成了这宝座上的人像。

于是，我转身向着我的查摩尼村庄，用手里的手杖举着帽子挥动着。我在望远镜中看到全村的同胞们都站在广场上，举着双手，回答我挥帽的动作。

◆ **作者简介：**

雨　果（1802 ~ 1885）

法国作家。其主要作品有诗集《光与影》、《秋叶集》，小说《巴黎圣母院》、《悲惨世界》、《海上劳工》、《笑面人》、《九三年》，论文《克伦威尔序言》，游记《莱茵河》等。

雏　菊

前几天我经过文宪路，一座联结两处六层高楼的木栅栏引起我的注意。它投影在路面上，透过拼合得不严紧的木板，阳光在影上画线，吸引人的平行金色条纹，像文艺复兴时期美丽的黑缎上所见的。我走近前去，往板缝里观看。

这座栅栏今天所围住的，是两年前，一八三九年六月被焚毁的滑稽歌舞剧院的场地。

午后二时，烈日炎炎，路上空无人迹。

一扇灰色的门，大概是单扇门，两边隆起中间凹下，还带洛可可式的装饰，可能是百年前爱俏的年轻女子的闺门，正安装在栅栏上。只要稍稍提起插栓就开了。我走了进去。

凄凄惨惨，无比荒凉。满地泥灰，到处是大石块，曾经加过粗工的被遗弃在那里等待，苍白如墓石，发霉像废墟。场里没有人。邻近的房屋墙上留有明显的火焰与浓烟的痕迹。

我坐在石上俯视这棵植物。

天啊！就在那里长出了一棵世界上最美丽的小小的雏菊，一个可爱的小小的飞虫绕着雏菊娇艳地来回飞舞。

这朵花安静地生长，并遵循大自然的美好的规律，在泥土中，

温馨与光明

73

在巴黎中心，在两条街道之间，离王宫广场两步，离骑兵竞技场四步，在行人、店铺、出租马车、公共马车和国王的四轮华丽马车之间，这朵花，这朵临近街道的田野之花激起我的无穷无尽的遐想。

十年前，谁能预见日后有一天在那里会长出一朵雏菊！

如果说这原址上，如像旁边的地面上，从没有别的什么，只有许多房屋，就是说房产业主，房客和看门人，以及夜晚临睡前小心翼翼地灭烛熄火的居民，那么在这里绝对不会长出田野的花。

这朵花凝结了多少事物，多少失败和成功的演出，多少破产的人家，多少意外的事故，多少奇遇，多少突然降临的灾难！对于每晚被吸引到这里来生活的我们这班人，如果两年前眼中出现这朵花，这帮人骇然会把它当作幽灵！命运是多么作弄人的迷宫，多少神秘的安排，归根结底，终于化为这洁光四射的悦目的小小黄太阳！

必须先要有一座剧院加一场火灾，即一个城市的欢乐和一个城市的恐怖，一个是人类最优美的发明，一个是最可怕的天灾，三十年的狂笑和三十小时的滚滚火焰，才生长出这朵雏菊，赢得飞虫的喜悦！

对善于观察的人，最渺小的事物往往就是最重大的事物。

❖作者简介：

乔治·桑（1804~
1876）

　　　　　　　　　法国作家。其主要作品有《安吉堡的磨工》、
《魔沼》、《小法岱特》等。

冬天之美

　　我一直热爱着乡村的冬天。我无法理解富翁们的情趣：他们在一年当中最不适于举行舞会、讲究穿着和奢侈挥霍的季节，将巴黎当作狂欢的场所。大自然在冬天邀请我们到火炉边去享受天伦之乐，而且正是在乡村才能领略这个季节罕见的明朗的阳光。在我国的大都市里，臭气熏天和冻结的烂泥几乎永无干燥之日，看见就令人恶心。在乡下，一片阳光或者刮几小时风就使空气变得清新，使地面干爽。可怜的城市工人对此十分了解，他们滞留在这个垃圾里，实在是由于无可奈何。我们的富翁们所过的人为的、悖谬的生活，违背大自然的安排，结果毫无生气。英国人比较明智，他们到乡下别墅里去过冬。

　　在巴黎，人们想象大自然有六个月毫无生机，可是小麦从秋天就开始发芽；而冬天惨淡的阳光——大家惯于这样描写它——是一年之中最灿烂、最辉煌的。当它拨开云雾，当它在严冬傍晚披上闪烁发光的紫红色长袍坠落时，人们几乎无法忍受它那令人炫目的光芒。即使在我们严寒却偏偏不恰当地称为温带的国家里，自然界万物永远不会除掉盛装和失去盎然的生机，广阔的麦田铺上了鲜艳的地毯，而天际低矮的太阳在上面投下了绿宝石的光辉。地面披上了

美丽的藓苔。华丽的常春藤涂上了大理石鲜红和金色的斑纹。报春花、紫罗兰和孟加拉玫瑰躲在雪层下面微笑。由于地势的起伏，由于偶然的机缘，还有其他几种花儿躲过严寒幸存下来，而随时使你感到意想不到的欢愉。虽然百灵鸟不见踪影，但有多少喧闹而美丽的鸟儿路过这儿，在河边栖息和休憩！当地面的白雪像璀璨的钻石在阳光下闪闪发光，或者当挂在树梢的冰凌组成神奇的连拱和无法描绘的水晶的花彩时，有什么东西比白雪更加美丽呢？在乡村的漫漫长夜里，大家亲切地聚集一堂，甚至时间似乎也听从我们的使唤。由于人们能够沉静下来思索，精神生活变得异常丰富。这样的夜晚，同家人围炉而坐难道不是极大的乐事吗？

❖**作者简介：**

莫里亚克（1885～1970）

法国作家。其主要作品有《给麻风病人的吻》、《爱的荒漠》、《黛莱丝·台斯盖鲁》、《蝮蛇结》等。1952年获诺贝尔文学奖。

九月夜景

一道道房门关上了。我推开大门那沉重的门扉，它抵抗着我的推力。从前，母亲每天黎明把门打开，让清新的空气进入屋内，并在阴暗的四壁内把它囚禁到傍晚，那推门的吱嘎声常常把我从梦中惊醒。

我往前走了几步，我停下来，我倾听着。九月的草儿不再颤动。我仿佛听见葡萄架下有蟋蟀唱歌，但那也许只是我耳朵的嗡鸣和往昔的夏日在我记忆中的絮语。半轮残月挂在空中。月光是微弱的，但足以使其他星星黯然失色。她高悬在那儿，挑逗着大地。对月儿的魅力我变得冷漠了。她飘浮在太多的被忘却的蹩脚诗歌之上。月亮是音乐家和诗人的危险的启迪者，是浅薄的形象和乏味的激情的母亲，她给黑夜和星辰抹上了忧郁的色调。

星辰，并非因为我曾经在它们的荟萃中辨明了自己的方位。可是在这儿，有几颗星星驯服了，并且脱离了广大的星群，仿佛它们熟悉我的声音，仿佛它们从草原深处应召跑来在我手心里啄食。我要根据我的祖屋的位置才能叫出它们的名字。虽然是为数不多的几颗，我还是已经忘记了猎户座在天空出现的时间和地点。但金牛座在那儿，还有大角星。月亮妨碍我重新找到织女星。

温馨与光明

我冷漠、洒脱，穿过我今世不会重演的那出戏的布景往前走去。我诅咒月亮，但我摈弃的是整个夜的奥秘。同黑暗串通的年纪已经过去了。在这无边无涯的屏幕上，我不再有什么东西需要投射。青春不仅离开了我们，而且退出了这个世界。任何年轻的生命都是不自知的魔法师。当我们还有可能的时候，我们对黑夜施以魔法。她赐还我们的就是我们给予她的东西。

❖**作者简介：**

弗朗西斯·蓬热
（1899~1988）

法国诗人、评论家。其主要作品有诗集《抒情序曲》、《诗集》、《新诗集》，散文集《十二篇短文集》、《对事的成见》等。

蜗牛

　　与以热灰为家的未燃尽的煤屑相反，蜗牛喜欢潮湿的土地。它们全身贴地往前走。它们身上带着泥土，泥土是它们的食物，也是它们的排泄物。泥土穿过它们的身体。它们穿越泥土。这是情趣奥妙的相互渗透，因为可以说这是同一颜色的深浅的变化；其中一个是积极成分，一个是消极成分，消极成分围绕、喂养，而积极成分边移动边进食。

　　关于蜗牛，还有许多别的话要说，首先，它自身的湿润、它自身的冷血、它自身的延伸性。

　　此外，我们无法想象一只抛开背上甲壳而静止不动的蜗牛，它休息时立即将身体缩进壳内。相反，由于腼腆，它一露出那赤裸的身体，一露出它脆弱的外形，就赶紧往前运动，刚一暴露就迅急前进。

　　干燥的季节，它们隐居在壕沟里，而且它们的存在似乎有助于居住地的潮润。那儿，也许有其他冷血动物与它们为邻，如癞蛤蟆、青蛙。可是，它们离开壕沟采用不同的方式。蜗牛更有资格住在那儿，因为它离去时要付出更大的代价。

　　然而要记住，它们虽然喜爱潮湿的土地，但并不喜欢那泽国的湿土，如沼泽、池塘。它们当然更喜欢坚实的土地，但这种土地必须是肥沃和湿润的。

它们也爱吃蔬菜和水分充足的绿叶植物。它们懂得挑最嫩的叶子，食后仅仅留下叶脉。比如，它们是蔬菜的大患。

它们待在壕沟底下干什么？它们喜欢那儿的环境，但那儿终不是久留之地。它们是壕沟的常客，但它们向往浪游的生活。而且它们在沟底和在泥土的小径上一样，背上的甲壳依然使它们显得矜持。

当然，到处背着这样一个壳儿确实是个累赘，但它们并不抱怨。相反，它们把这当成一件幸事。无论走到什么地方，它们随时可以躲进自己家里，那些居心叵测的人无可奈何。这实在是一种可贵的长处，为此付出代价完全值得。

它们由于有这个能耐、这个方便而洋洋自得。我是一个如此敏感、如此脆弱的生命，怎么能够固若金汤，不怕那些讨厌的东西的袭击，享受幸福和安宁？于是，这背上的掩蔽所应运而生。我如此紧紧地附着于地面、如此令人怜悯、如此缓慢、如此一往直前、如此有本事离开地面缩进我的家屋，我还有什么忧愁？任你把我踢到什么地方，我有把握在命运放逐我的土地上重新站立起来，重新附着于地面，而且在那儿找到我的饲料——泥土，这是最普通的食粮。

啊，当一只蜗牛是多么的幸福、快活！它还用自己的流涎在它接触过的一切东西上面留下印记。它身后是一道银光闪闪的轨迹。

蜗牛是孤独的，的确如此。它的友人寥寥无几。可是，为了生活得更幸福，它并没有这种需要，它同大自然如此亲密地黏附在一起，它如此亲切地享受大自然的恩宠；它是它所拥抱的土地和菜叶的朋友；它是天空的朋友。它骄傲地抬起头颅和那双敏锐的眼珠：高贵、从容、睿智、自豪、骄傲。

请不要说蜗牛在这方面和猪相似。不，它没有那种平庸的小脚、那种惴惴不安的碎步小跑。

❖作者简介：

蒲宁（1870～1953）

俄国诗人、小说家、散文家。早期作品有诗集《落叶》，获普希金奖。其主要作品有短篇小说集《来自旧金山的先生》，自传体长篇小说《阿尔谢尼耶夫的一生》和回忆录《忆旧》等。1933 年获诺贝尔文学奖。

静

　　我们是在夜里到达日内瓦的，正下着雨。拂晓前，雨停了。雨后初霁，空气变得分外清新。我们推开阳台门，秋晨的凉意扑面而来，使我陶然欲醉。由湖上升起的乳白色的雾霭，弥漫在大街小巷上。旭日虽然还是朦朦胧胧的，却已经朝气蓬勃地在雾中放着光。湿润的晨飔轻轻地拂弄着盘绕在阳台柱子上的野葡萄血红的叶子。我们盥漱过后，匆匆穿好衣服，走出旅社，由于昨晚沉沉地睡了一觉，精神抖擞，准备去作尽情的畅游，而且怀着一种年轻人的预感，认为今天必有什么美好的事在等待着我们。

　　"上帝赐予了我们一个美丽的早晨，"我的旅伴对我说，"你发现没有，我们每到一地，第二天总是风和日丽？千万别抽烟，喝牛奶和吃蔬菜。以空气为主，随日出而起，这会使我们神清气爽！不消多久，不但医生，连诗人都会这么说……别抽烟，千万别抽，我们就可体验到那种久已生疏了的感觉，感觉到洁净，感觉到青春的活力。"

　　可是日内瓦湖在哪里？有片刻工夫，我们茫然地停下来。远处的一切，都似被轻纱一般亮晃晃的雾覆盖着。只有街梢那边的马路沐浴在霞光下，好似黄金铸成的。于是我们快步朝着被我们误认为是浮光耀金的马路走去。

初阳已透过雾霭，照暖了阒无一人的堤岸，眼前的一切无不光莹四射。然而山谷、日内瓦湖和远处的萨瓦山脉依然在吐出料峭的寒气。我们走到湖堤上，不由得惊喜交集地站住了脚，每当人们突然看到天涯无际的海洋、湖泊，或者从高山之巅俯视山谷时，都会情不自禁地产生这种又惊又喜的感觉。萨瓦山消融在亮晃晃的晨岚之中，在阳光下难以辨清，只有定睛望去，方能看到山脊好似一条细细的金钱，迤逦于半空之中，这时你才会感觉到那边绵亘着重峦叠嶂。近处，在宽广的山谷内，在凉飕飕的、润湿而又清新的雾气中，横着蔚蓝、清澈、深邃的日内瓦湖。湖还在沉睡，簇拥在市口的斜帆小艇也还在沉睡。它们就像张开了灰色羽翼的巨鸟，但是在清泉的寂静中还无力拍翅高飞。两只海鸥紧贴着湖水悠闲地翱翔着，冷不丁，其中的一只，忽地从我们身旁掠过，朝街上飞去。我们立即转过身去望着它，只见它猛地又转过身子飞了回来。想必是被它所不习惯的街景吓坏了……朝暾初上之际有海鸥飞进城来，住在这个城市里的居民该有多幸福呀！

我们急欲进入群山的怀抱，泛舟湖水，航向远处的什么地方……然而雾还没有散，我们只得信步往市区走去，在酒店里买了酒和干酪，欣赏着纤尘不染的亲切的街道和静悄悄的金黄色的花园中美丽如画的杨树和法国梧桐。在花园上方，天空已被廓清，晶莹得好似绿松石一般。

"你知道吗，"我的旅伴对我说，"我每到一地总是不敢相信我真的到了这个地方，因为这些地方，我过去只能看着地图，幻想前去一游，并且时时提醒自己，这只不过是幻想而已。意大利就在这些崇山峻岭的后边，离我们非常之近，你感觉到了吗？在这奇妙的秋天，你感觉到南国的存在吗？瞧，那边是萨瓦省，就是我们童年时代阅读过的催人落泪的故事中所描写的牵着猴子的萨瓦孩子们的故乡!"

　　码头旁,游艇和船夫都在阳光下打着瞌睡。在蓝盈盈的清澈的湖水中,可以看到湖底的沙砾、木桩和船骸。这完全像是个夏日的早晨,只有主宰着透明的空气和那种静谧,告诉人们现在已是晚秋。雾已经消散得无影无踪,顺着山谷,极目朝湖面望去,可以看得异乎寻常的远。我们迫不及待地脱掉上衣,卷起袖子拿起了桨。码头落在船后了,离我们越来越远。离我们越来越远的还有在阳光下光华熠熠的市区、湖滨和公园……前面波光粼粼,耀得我们眼睛都花了,船侧的湖水越来越深,越来越沉,也越来越透明。把桨插入水中,感觉水的弹性,望着从桨下飞溅出来的水珠,真是一大乐事。我回过头去,看到了我旅伴那升起红晕的脸庞,看到了漫山遍野正在转黄的树林和葡萄园,以及掩映其间的一幢幢别墅。有一刻间,我们停住了桨,周遭顿时静了下来,静得那么深邃。我们闭上眼睛,久久地谛听着,什么声音也没有,只有船划破水面时,湖水流过船侧发出的一成不变的汩汩声。甚至单凭这汩汩的水声也可以猜出湖水多么洁净,多么清澈。

　　"划吗?"我问。

　　"慢着,你听!"

　　我把桨提出水面,连汩汩的水声也渐渐消失。从桨上滴下一颗水珠,然后又是一颗……太阳照得我们的脸越来越热……就在这时,一阵悠扬的钟声,从很远很远的地方飘至我们的耳际,这是深山中某处的一口孤钟。它离我们那么远,有时我们只能隐隐约约听到它的声音。

　　"你还记得科隆大教堂的钟声吗?"我的旅伴压低声音问我。"那天我比你醒得早,天还刚刚拂晓,我便站在洞开的窗旁,久久地谛听着独自在古老的城市上空回荡的清脆的钟声。你还记得科隆大教堂的管风琴和那种中世纪的壮丽吗?还有莱茵省,那些古老的城市,古老的图画,还有巴黎……然而那一切都无法和这里相比,这

温馨与光明

里更美……"

　　由深山中隐隐传至我们耳际的钟声温柔而又纯净,闭目坐在船上,侧耳倾听着这钟声,享受着太阳照在我们脸上的暖意和从水上升起的轻柔的凉意,是何等的甜蜜,舒适。有一艘闪闪发亮的白轮船在离我们约摸两俄里远的地方驶过,明轮拍击着湖水,发出疏远、喑哑、生气的嘟嘟声,在湖面上激起一道道平展的、像玻璃一般透明的涌,缓缓地朝我们奔来,终于柔情脉脉地晃动了我们的小船。

　　"瞧,我们已置身在崇山的怀抱之中,"当轮船渐渐变小,终于隐没在远处以后,我的旅伴对我说,"生活已留在那边,留在这些崇山峻岭之外了,我们已进入寂静的幸福之邦,这寂静之邦何以名之,我们的语言中找不到恰当的字眼。"

　　他一边慢慢地划着桨,一边讲着、听着。日内瓦湖越来越辽阔地包围着我们。钟声忽近忽远,似有若无。

　　"在深山中的什么地方有一座小小的钟楼,"我想道,"独自在用它回肠荡气的钟声赞颂着礼拜天早晨的安谧和寂静,召唤人们踏着俯瞰蓝色的日内瓦湖的山道,到它那儿去……"

　　极目四望,山上大大小小的树林都抹上了绚丽而又柔和的秋色,一幢幢环翠泡秀的美丽的别墅正在清静地度过这阳光明媚的秋日……我舀了一杯水,把茶杯洗净,然后把水泼往空中。水往天上飞去,迸溅出一道道光芒。

　　"你记得《曼弗雷德》吗?"我的同伴说,"曼弗雷德站在伯尔尼兹阿尔卑斯山脉中的瀑布前。时值正午,他念着咒语,用双手捧起一掬清水,泼向半空。于是在瀑布的彩虹中立刻出现了童贞圣母山……写得多美呀!此刻我就在想,人也可以崇拜水,建立拜水教,就像建立拜火教一样……自然界的神力真是不可思议!人活在世上,呼吸着空气,看到天空、水、太阳,这是多么巨大的幸福!可我们仍然感到不幸福!为什么?是因为我们的生命短暂,因为我们孤独,因为我们的生活谬误百出?就拿这日内瓦湖来说吧,当年雪莱来过这儿，拜伦来过这儿……后来，莫泊桑也来过。他孑然一身，可他的心却渴望整个世界都幸福。当年所有的理想主义者，所有的恋人，所有的年轻人，所有来这里寻求幸福的人都已弃世而去，永远消逝了。我和你有朝一日，同样也将弃世而去……你想喝点儿酒吗？"

我把玻璃杯递过去，他给我斟满酒，然后带着一捧忧郁的微笑，补充说："我觉得，有朝一日我将融入这片亘古长存的寂静中，我们都站在它的门口，我们的幸福就在那扇门里边。你是否记得易卜生的那句话：'玛亚，你听见这寂静了吗？'我也要问你：你有没有听见这群山的寂静呢？"我们久久地遥望着重重叠叠的山峦和笼罩着山峦的洁净、柔和的碧空，空中充溢着秋季的无望的忧悒。我们想象着我们远远地进入了深山的腹地，人类的足迹还从未踏到过那里……太阳照射着四周都被山岭锁住的深谷，有只兀鹰翱翔在山岭与蓝天之间的广阔的空中……山里只有我们两人，我们越来越远地向深山中走去，就像那些为了寻找火绒草而死于深山老林中的人一样……

我们不慌不忙地划着桨，谛听着正在消失的钟声，谈论着我们去萨瓦省的旅行，商量我们在哪些地方可以逗留多少时间，可我们的心却不由自主地离开话题，时时刻刻地向往着幸福。我们以前所从未见到过的自然景色的美，以及艺术的美和宗教的美，不论是哪里的，都激起我们朝气蓬勃的渴求，渴求我们的生活也能升华到这种美的高度，用出自内心的欢乐来充实这种美，并同人们一起分享我们的快乐。我们在旅途中，无论到哪里，凡是我们所注视的女性无不渴求着爱情，那是一种高尚的、罗曼蒂克的、极其敏感的爱情，而这种爱情几乎使那些在我们眼前一晃而过的完美的女性神化了……然而这种幸福会不会是空中楼阁呢？否则为什么随着我们一步步去追求它，它却一步步地往郁郁苍苍的树林和山岭中退去，离我们越来越远？

那位和我在旅途中一起体验了那么多欢乐和痛苦的旅伴，是我一生中所爱的有限几个人中的一个，我的这篇短文就是奉献给他的。同时我还借这篇短文向我们俩所有志同道合的萍飘天涯的朋友致敬。

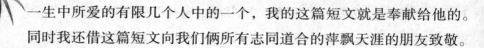

山垭口

　　天早就夜了，可我还是拖着脚步在山里走，向山垭口走去。寒风萧瑟，冷雾弥漫，我一点信心也没有，可是我背后牵着的一匹马，却顺从地跟着我走，浑身湿漉漉的，显得疲惫不堪，两只空的马镫铿铿地响着。

　　暮色苍茫中我在松树林脚下休息——松树林后面就是这光秃秃的、荒凉的山坡，——望着自己脚底下深不可测的一大片土地，心中感到一种异乎寻常的自豪和力量：你从极高的地方纵目四望，通常总会产生这样的感觉。还能分辨出远处狭隘的海湾岸边昏沉沉的谷地上的灯光，这海湾往东延伸，扩展得越来越大，变成一道蓝莹莹的墙，围住了半爿天。可是山里已经是夜晚了。天黑得很快，我走着走着，走到树林边——山变得越来越阴森，越来越突兀，而在山峦之间空旷的地方，浓雾被山上的暴风驱赶过来，急遽地汇成一股狭长的、斜斜的云层。这雾是从山顶上吹来的（山顶上积集着一大堆松散的雾），它仿佛使山峦之间的峡谷变得更加阴沉、深邃了。它已经使森林成为白茫茫的一片，还随同低沉而凄凉的松涛声一起向我袭来。空气中洋溢着冬天的清冷，风雪交作……天已经夜了，我低下头避着寒风，长久地在山间的松树枝构成的拱道中走着，松树在浓雾中不断哗哗地鸣响。

　　"马上就到山垭口了，"我对自己说，"马上就能翻过山岭到安静的地方，到有人烟的明亮的屋子里……"

　　然而半小时、一小时地过去……每分钟我都觉得，山垭口离我

世界散文精品集丛书

不远了，只有两三步路，可是光秃的山石坡道却老是走不完。松树林早就落在下面了，低矮的、弯弯曲曲的灌木丛也早已过去了，我开始感到疲乏，直冻得打冷颤。我记起离山垭口不远的松树之间有几个坟墓，那里埋葬着被冬天的暴风刮下山去的樵夫。我感觉到，我现在正处身于人迹不到的荒山之巅，感觉到自己周围只有云雾和悬崖峭壁，因此心里不禁想道：我怎么能越过那些像墨黑的巨人般屹立在浓雾中的孑然挺立的石碑呢？我现在就已经失去了时间和地点的概念，我还有足够的气力走下山去吗？

前面，在飞驰的浓雾中现出一个模糊不清的黑咕隆咚的东西……这是一些昏黑的山丘，样子像睡着的熊。我爬上去，从一块石头跨到另一块石头上，马挣扎着，费力地跟着我攀登，马蹄击在湿漉漉的光秃的石头上，发出叮叮声。突然，我发现道路又在慢慢地升向山上去！于是我停下来，感到了绝望。由于紧张和疲乏我浑身哆嗦着，我的衣服被雪渗得湿透了，风直穿过衣服，冷不可挡。要不要呼叫一下呢？可是现在甚至连牧羊人也和他们的山羊、绵羊一起躲在了荷马时代的简陋小屋里——谁会听见我的呼叫声呢？我害怕地四下张望着：

"天啊！难道我迷了路吗？"

夜深了。远处的松树林传来低沉的、令人昏昏欲睡的涛声。夜变得越来越神秘了，我能感觉到这一点，虽然我既不知道时间，也不知道到了什么地方。现在，深深的谷地里的最后一点灯光也熄灭了，灰蒙蒙的雾占领着整个谷地，它知道，现在正是它当令的时刻——漫长的时刻，仿佛地面上一切都死绝了，早晨永远不会再到来，只有浓雾会继续增大，笼罩着在半夜里执勤守卫的突兀的群山。在山上，林木会继续发出低沉的响声，在荒凉的山垭口，雪会刮得越来越大。

我避着风，转身走到马的身边。这是和我在一起唯一的有生命的东西！然而马对我看也不看。它浑身湿透，冻僵了，蜷缩着身子，高高的马鞍笨拙地矗立在它的背上。它顺从地耷拉着脑袋，两耳紧贴在脑袋上。我狠狠地拉着缰绳，重新面对着潮湿的风雪，重新迎着风雪顽强地前进。我试图看清周围的东西，但只能看见灰白色的一片，在飞驰着，闪着耀目的雪光。我侧耳静听，只能听到耳边的风声，以及背后单调的铿锵声：这是马镫互相碰击的声音……

然而很奇怪：绝望的心情开始使我变得强壮起来！我更加有力地迈着步子。由于使我必须忍受这一切而对人家产生恶意的埋怨，这种心情反而使我感到愉快。这种埋怨的心情已经变成一种忧郁而沉毅的顺服，决心对必须忍受的一切逆来顺受，在这种心情下，即使无望也是心甘情愿的……

最后，山垭口终于在望。然而我已经无所谓了。我沿着平缓的草的走着，风把浓雾吹得像一绺绺蓬松的长发，把我吹倒在地，可是我毫不介意。只消根据风的呼啸声，根据浓雾，就可以感觉到，深夜牢牢地占领着群山——渺小的人们早已在谷地上，在自己的小房子里睡觉了；可是我并不匆忙，咬紧牙关走着，不时冲着马嘟囔几句：

"走啊，走啊。拼命地走吧，直到倒下来为止。在我的一生中，这样荒僻难走的山垭口已经走过不知多少遍了！灾难、痛苦、疾病、亲友的背叛、友谊的被糟蹋，这一切都曾经像黑夜一样向我袭来——终于到了与熟习的一切分手的时刻。于是，我无可奈何地重新把流浪者的拐杖握在手里。然而，通往新的幸福的山路是陡峭的，崎岖的，黑夜、浓雾、暴风在山顶上等待着我，令人害怕的孤独感会在山垭口占据我的思想……不过——继续走吧，走吧！"

我磕磕绊绊，仿佛在睡梦中似的走着。离早晨时间还很长。往下到谷地需要走一整夜，也许黎明时才能够在什么地方沉沉地睡一觉——蜷缩着身子，心里只有一个感觉：受凉后体味到温暖的甜蜜。

白天又会有人们和阳光使我感到愉快，又会长久地欺骗我……也许在什么地方我会倒下来，永远地留在这光秃的、自古以来一直荒无人迹的山里，在黑夜和暴风雪之中？

世界散文精品集丛书

❖作者简介：

屠格涅夫（1818 ~ 1883）

俄国批判现实主义小说家、诗人和剧作家。其主要作品有小说《罗亭》、《贵族之家》、《前夜》、《父与子》、《处女地》，散文特写集《猎人笔记》，以及《散文诗》等。

乡 村

六月里最后的一天。周围是俄罗斯千里幅员——我亲爱的家乡。

整个天空一片蔚蓝。天上只有一朵云彩，似乎是在飘动，似乎是在消散。没有风，天气暖和……空气里仿佛弥漫着鲜牛奶似的东西！

云雀在鸣啭，大脖子鸽群咕咕叫着，燕子无声地飞翔，马儿打着响鼻、嚼着草，狗儿没有吠叫，温驯地摇尾站着。

空气里蒸腾着一种烟味，还有草香，并且混杂一点儿松焦油和皮革的气味。大麻已经长得很茂盛，散发出它那浓郁的、好闻的气味。

一条坡度和缓的深谷。山谷两侧各栽植数行柳树，它们的树冠连成一片，下面的树干已经龟裂。一条小溪在山谷中流淌。透过清澈的涟漪，溪底的碎石子仿佛在颤动。远处，天地相交的地方，依稀可见一条大河的碧波。

沿着山谷，一侧是整齐的小粮库、紧闭门户的小仓房；另一侧，散落着五六家薄板屋顶的松木农舍。家家屋顶上，竖着一根装上椋鸟巢的长竿子；家家门檐上，饰着一匹铁铸的扬鬃奔马。粗糙不平的窗玻璃，辉映出彩虹的颜色。护窗板上，涂画着插有花束的陶罐。

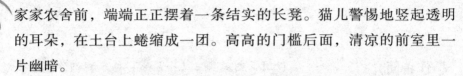

家家农舍前，端端正正摆着一条结实的长凳。猫儿警惕地竖起透明的耳朵，在土台上蜷缩成一团。高高的门槛后面，清凉的前室里一片幽暗。

我把毛毯铺开，躺在山谷的边缘。周围是整堆整堆刚刚割下、香得使人困倦的干草。机灵的农民，把干草铺散在木屋前面：只要再稍稍晒干一点，就可藏到草棚里去！这样，将来睡在上面会多舒服！

孩子们长着卷发的小脑袋，从每一堆干草后面钻出来；母鸡晃着鸡冠，在干草里寻觅种种小虫。白唇的小狗，在乱草堆里翻滚。

留着淡褐色卷发的小伙子们，穿着下摆束上腰带的干净衬衣，蹬着沉重的镶边皮靴，胸脯靠在卸掉了牲口的牛车上，彼此兴致勃勃地谈天、逗笑。

圆脸的少妇从窗子里探出身来。不知是由于听到了小伙子们说的话，还是因为看到了干草堆上孩子们的嬉闹，她笑了。

另一个少妇伸出粗壮的胳膊，从井里提上一只湿淋淋的大桶……水桶在绳子上抖动着、摇晃着，滴下一滴滴闪光的水珠。

我面前站着一个年老的农妇，她穿着新的方格子布裙子，蹬着新鞋子。

在她黝黑、精瘦的脖子上，绕着三圈空心的大串珠。花白头发上系着一条带小红点儿的黄头巾，头巾一直遮到已失去神采的眼睛上面。

但老人的眼睛有礼貌地笑着，布满皱纹的脸上也堆着笑意。也许，老妇已有六十多岁年纪了……就是现在也可以看得出来：当年她可是个美人呵！

她张开晒黑的右手五指，托着一罐刚从地窖里拿出来的、没有脱脂的冷牛奶，罐壁上蒙着许多玻璃珠子似的水汽；左手掌心里，老妇拿给我一大块还冒着热气的面包。她说："为了健康，吃吧，远方来的客人！"

雄鸡忽然啼鸣起来，忙碌地拍打着翅膀；拴在圈里的小牛犊和它呼应着，不慌不忙地发出哞哞的叫声。

"瞧这片燕麦！"传来我的马车夫的声音。

啊，俄罗斯——自由之乡的满足，安逸，富饶！啊，宁静和美好！

于是我想到：皇城里圣索菲娅教堂圆顶上的十字架以及我们城里人正孜孜以求的一切，算得了什么呢？

温馨与光明

❖作者简介：

柯罗连柯（1853 ~ 1921）

俄国作家、评论家。其主要作品有小说《马卡尔的梦》、《库页岛上的人》，传记《巴甫洛夫特写》，自传体小说《我们同时代的故事》等。

火 光

很久以前，在一个漆黑的秋天的夜晚，我泛舟在西伯利亚一条阴森森的河上。船到一个转弯处，只见前面黑漆漆的山峰下面，一星火光蓦地一闪。

火光又明又亮，好像就在眼前……

"好啦，谢天谢地！"我高兴地说，"马上就到过夜的地方啦！"

船夫扭头朝身后的火光望了一眼，又不以为然地划起桨来。

"远着呢！"

我不相信他的话，因为火光冲破朦胧的夜色，明明在那儿闪烁。不过船夫是对的：事实上，火光的确还远着呢。

这些黑夜的火光的特点是：驱散黑暗，闪闪发亮；近在眼前，令人神往。乍一看，再划几下就到了……其实却还远着呢！……

我们在漆黑如墨的河上又划了很久。一个个峡谷和悬崖，迎面驶来，又向后移去，仿佛消失在茫茫的远方，而火光却依然停在前头，闪闪发亮，令人神往，——依然是这么近，又依然是那么远……

现在，无论是这条被悬崖峭壁的阴影笼罩的漆黑的河流，还是那一星明亮的火光，都经常浮现在我的脑际。在这以前和在这以后，曾有许多火光，似乎近在咫尺，不止使我一人心驰神往。可是生活之河却仍然在那阴森森的两岸之间流着，而火光也依旧非常遥远。因此，必须加劲划桨……

然而，火光啊……毕竟……毕竟就在前头……

温馨与光明

❖作者简介：

尼·巴·斯米尔诺夫
（1898～1962）

俄国作家。著有小说《金色的河湾》，散文杂著《我的藏书》、《书的故事》等。

🍃初雪的气息

这是大地上最后一个秋日，冬天正伴着夜晚姗姗来临。

我在一位熟识的守林人的小屋中借宿，清晨，他同我一起走出房门，环顾四周，他瑟缩着说：

"瞧瞧，多静啊，连树梢都纹丝不动。"

守林人在灰胡子下发出了一声轻笑，他掩了掩短皮袄，仿佛谛听着什么，接着，小心翼翼地说：

"冬妈妈来啦。"

到处可以感觉到冬天：在守林人的羊皮袄和兔皮帽子上，在守林人小屋的烟囱冒出的团团浓烟里，在浸透了森林的寒气中。

我神清气爽，大步流星地向城里走着，时不时对我的红毛尖耳朵狗奥尔里克吹几声口哨，它也嗅出了冬天，格外活跃地跑前跑后。

森林静悄悄的，在多云而萧索的天空下懒洋洋地打盹。

有时，奥尔里克发现了一只松鼠，便在一棵硕大的银白色云杉下发出一串激昂欢快的吠叫，它后爪着地直立起来，炯炯放光的双眼盯着那绿蒙蒙的树顶……如果能辨认出那儿有个像半卢布银币似的东西，我就开枪，随即从高处便会或垂直、或呈弧形落下一只小巧玲珑的黄黑色的小家伙，长着蓬蓬松松的大尾巴和布满小短毛的长耳朵。

我喜欢把自己想象成泰加密林中的一个捕猎人，在篝火边舒心惬意地歇息，就着包上白菜叶烤黄的精粉面包大嚼油炸黑琴鸡，呷着热气腾腾飘着苦味的茶。

奥尔里克的头枕着我的膝盖，跟我并排躺着，它的眼里闪烁着无私的爱和忠诚的光。

随后，我沿着猎人们踩出的依稀可辨的小径继续在林子里行进，在一处有一大片倒木的密林中，刹那间，我一下收住脚步举起了猎枪。在刮倒的云杉的枯枝中闪过一束白光，我对准白光就是一枪，霰弹打得枯枝乱飞，然后，我颇费手脚地抓着死兔子蓬蓬的后腿把它从枯枝堆里拽了出来，这只兔子在漫天皆白的大雪之前已经换了一身白毛。我高举起沉甸甸的大耳朵兔子，如同欣赏着冬天的一份厚礼，奥尔里克立刻向上一蹿，扑在我的胸口上，把脑袋紧紧地依偎着，快活得直叫。我们就这样站立了几秒钟，在冬季来临之前的森林中，狩猎的快乐和古老的热情把我们联结在一起。

我很快走上了田野，空无一人的大路上吹送来如此深沉、强烈同时又令人欢欣的忧郁气息，从山冈上的村落里、从它那为越冬而围着干草的农舍里传来阵阵暖意。

傍晚愈加寒冷，麦茬地里的小路在脚下发出咯吱咯吱的细碎声响，城郊的小河已经结冰，我踩着五颜六色的石块过了河……

天色很快暗了下来，四周更加静谧，冬天装扮成裹着白狐皮大衣的北方少女正在近处踏步。

在城郊碰到了熟识的猎人巴夫林·索哈特依，这么叫他是冲着他那粗壮的身躯，高高的个头和一张长脸，那脸还真有几分像驼鹿。

他在空气中嗅了一下，快活地眨眨眼，乐呵呵地说：

"闻到雪味儿啦，快该打灰兔喽……"

我在家里久久地品茶闲坐，翻阅着普希金的书——这是漫漫秋冬之夜里我忠诚不渝的好朋友——我时不时跑到院子里看看下雪了

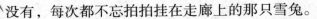

没有，每次都不忘拍拍挂在走廊上的那只雪兔。

　　将近深夜，我走出去，一下便感到一种独特的芬芳气息，像橙子的清香，而伸出的手臂上觉得像是有蝴蝶在颤动；我推开篱笆门走到街上，路灯像窗内的灯光一样，半明半暗；时隐时现地闪烁着，轻盈的金色光芒摇着、晃着穿过街道，下雪了。

　　我掬起一捧雪，用这干松芬芳清洁的雪粉擦了一把脸。

　　冬天来了，狩猎的幸福又重新洋溢在心头……

❖作者简介：

沃罗宁（1913～　）

俄国作家。其主要作品有《对面的屋子》、《两种生活》、《老家》、《玛丽亚之石》、《在自己的土地上》等。

四季生活

每当清早，我拉起用木条制成的黄色百叶窗时，都能看见她。她高耸、挺拔，永远伫立在我窗前。秋夜，她消融在幽暗之中，不见了；而你若相信奇迹，便会以为她走到别的地方去了，因为不见了。但刚一露出曙光，白昼的一切尚在酣睡，隐约感到清晨的气息时，她又已出现在原处了。

我凝视着她，不禁萌生出奇思异想。她想必有自己的生活吧。又有谁知道，如果苍天赋予我认识大自然全部完美的感官，也许我眼前会展现出一个神奇的世界。这个世界具有一切生物所固有的伟大的和渺小的感情，这些感情人是无法理喻的。然而我仅有五种感官，况且由于人类历尽沧桑，这些感官已不那么灵敏了。

而她生机勃勃！她日益茁壮，逐年增高。如今我得略微抬头，才能从窗口看见她那清风般轻盈的、透亮的树梢。可十年前半个窗框便能把她容纳下。

春

她的枝条刚刚摆脱漫长的严冬，还很脆硬，犹如加热过度的金属。春风吹过，枝条叮当作响。鸟儿还没在枝叶浓密的枝头筑巢。

温馨与光明

97

然而她已苏醒。这是一天清晨我才知道的。

邻居走到她跟前，用长钻头在她的树干上钻了个深孔，把一根不锈钢的小槽插进孔中，以便从槽中滴出浆汁。果然，浆汁滴了出来，像泪珠那样晶莹，像虚无那样明净。

"这并不是您的白桦。"我对邻居说。

"可也不是您的。"他回敬我。

是啊，她长在我的围墙外。她不是我的，但也不是他的。她是公共的，确切些说，她谁的也不是，所以他可以损害她而我却无法对他加以禁止。

他从罐子里把白桦树透明的血液倒进小玻璃杯里，一小口一小口把它喝干。

"我需要树汁，"他说，"里面有葡萄糖。"

他回家去了，在树旁留下一个三公升的罐子，以便收集葡萄糖。树汁像从没有关紧的龙头里一滴一滴地迅速流下来。既然流出这么多树汁，那么他破坏了多少毛细管？……她也许在呻吟？她也许在为自己的生命担忧？我不得而知，因为我既没有第六感觉，也没有第七感觉，更没有第一百感觉、第一千感觉。我只能对她怜悯而已……

然而，一个星期后，伤口上长出一个褐色的疤。她自己治好了伤口。恰恰这时她身上的一颗颗苞芽鼓胀起来；从苞芽里绽出嫩绿的新叶，成千成万的新叶。目睹这浅绿色的雾霭，我心里充满喜悦。我少不了她，这棵白桦树。我对她习惯了。我对她永远伫立在我的窗前已经习惯了；而且在这不渝的忠诚和习惯中，蕴蓄着一种令我精神振奋的东西。的确，我少不了她，尽管她根本不需要我。没有我，就像没有任何类似我的人一样，她照样生活得很好。

夏

她保护着我。我的住宅离大路一百米左右。大路上行驶着各种车辆：货车、小轿车、公共汽车、推土机、自卸卡车、拖拉机。车辆成千上万，来回穿梭，还有灰尘。路上的灰尘多大啊！灰尘飞向我的住宅，假若没有她，这颗白桦树，会有多少灰尘钻进窗户，落到桌子上、被褥上，飞进肺里啊。她把全部灰尘吸附在自己身上了。

夏日里，她绿阴如盖。一阵轻风拂过，它便婆娑起舞。她的叶片浓密，连阳光也无法照进我的窗户。但夏季屋里恰好不需要阳光。沁人心脾的阴凉比灼热的阳光强百倍。然而，白桦树却整个儿沐浴在阳光里。她的簇簇绿叶闪闪发亮，苍翠欲滴，枝条茁壮生长，越发刚劲有力。

六月里没有下过一场雨，连杂草都开始枯黄。然而，她显然已为自己贮存了以备不时之需的水分，所以丝毫不遭干旱之苦。她的叶片还是那样富有弹性和光泽，不过长大了，叶边滚圆，而不再是锯齿形状，像春天那样了。

之后，雷电交加，整日在我的住宅附近盘旋，越来越阴。沉，沉闷地——犹如在自己身体里——发出隆隆轰鸣，入暮时分，终于爆发了。正值白夜季节。风仿佛只想试探一下——这白桦树有多结实？多坚强？白桦树并不畏惧，但好像因灾难临头而感到焦灼，她抖动着叶片，作为回答。于是大风像一头狂怒的公牛，骤然呼啸起来，向她扑去，猛击她的躯干。她蓦地摇晃了一下，为了更易于站稳脚跟，把叶片随风往后仰，于是树枝宛如千百股绿色细流，从她身上流下。电光闪闪，雷声隆隆。狂风停息了；滂沱大雨从天而降。这时，白桦树顺着躯干垂下了所有的枝条；无数股细流从树枝上流下，像从下垂的手臂流到地上。她懂得应该如何行动，才能岿然不动，确保生命无虞。

七月末，她把黄色的小飞机撒遍了自己周围的大地。无论是否刮风，她把小飞机抛向四面八方，尽可能抛得离自己远些，以免她那粗大的树冠妨碍它们吸收更多的阳光和雨露；使它们长成苗壮的幼苗。是啊，她与我们不同，有自己的规矩。她不把自己的儿女拴在身旁，所以她能永葆青春。

那年，田野里，草场上，山谷中，长出了许多幼小的白桦树。唯独大路上没有。

若问大地上什么最不幸，那便是道路了。路上寸草不生，而且永远不会长出任何东西来。哪里是道路，哪里便是不毛之地。

秋

太阳躲开我的住宅，也躲开白桦树。树叶立刻开始发黄，而且越来越黄，仿佛在苦苦哀求太阳归来。但太阳总是不露面。瓦灰色的浮云好似令人焦虑的战争的硝烟，向天宇铺天盖地涌来，又如巨浪相逐，遮蔽了一切。云片飞得很低，险些儿触及电视天线。下起了绵绵秋雨。雨水淅淅沥沥地下着，从一根树枝滴落到另一根树枝上。霪雨不舍昼夜，一切都变得湿漉漉的了，土地不再吸收雨水，或许是所有的植物都不再需要水分了吧。

夜里，我醒来了。屋里多么黑暗，多么寂静啊！……只听见雨珠从树枝上滴下时发出的簌簌声。萧瑟而连绵不绝的秋雨的簌簌声好生凄凉呵。我起了床，抽起烟来，推开窗户，于是看见了她那在秋日的昏暗中依稀可辨的身影。她赤身露体，任凭风吹雨打。翌日凌晨，寒霜突然降临。随之又是几度霜冻，于是白桦树四周铺上了一圈黄叶。这一切全都是发生在寒雾中。然而，当树叶落尽，太阳露出脸来时，处处充满忧郁气氛，尤其是在她周围。因为就在不久前，这里还是青翠葱茏，一切都光艳照人，欣欣向荣。过去，一切都是这样美不胜收，生气勃勃，如今却突然消失了。将要下起蒙蒙细雨来，树叶将要腐烂发黑，僵硬的树枝将要在冷风中瑟缩，水洼将要结冰。鸟儿将要飞走。死寂的黑夜将要拖得很长，在冬季里它将会更加漫长。暴风雪将要怒吼，严寒将要肆虐……

冬

我离开家了。我不能留在那里，为不久前还使我欣喜和对生活充满信心的事物的消亡而苦恼。我搭机飞向南方。到了辛菲罗波尔之后我便改乘出租汽车了，我又惊又喜地仔细观看温暖的南国的苍翠。一见黑海，我便悄声笑了。

浩渺、温暖的海。我潜进水里，向海底，向绿色的礁石游去。我喝酸葡萄酒，吃葡萄，精疲力竭地躺在暖烘烘的沙滩上，眺望大海，观看老是饥肠辘辘，为了一块面包而聒噪的海鸥。接着我又游进温暖的海水，攀上波峰，滑下浪谷，又攀了上去。我又喝酸葡萄酒，吃烤羊肉，钻进暖烘烘的沙子里。在我身边的也是像我一样从自己的家园跑到这片乐土来的人们，大伙儿欢笑啊，嬉戏啊，在海滩上寻找斑斓的彩石，尽量不想家里发生的事情。这样会更轻松、更舒坦些。但要抛弃家园是办不到的，就像无法抛弃自己一样。

于是我回家了；四周一片冰天雪地。她也兀立在雪堆里。我不在时，刺骨的严寒逞凶肆虐，把她的躯干撕破了。撕裂得虽不严重，但落上一层雪的白韧皮映进我的眼帘。我抚摸了一下她的躯体。她的树皮干瘪、粗糙。这是辛勤劳作的树皮，同南方的什么"不知羞耻树"的树皮迥然不同。这里，一切都是为了同霆雨、暴雪、狂风搏斗。所以，像平时见到她时那样，我又萌生出各种奇思异想。我暗自忖度：你看啊，她不离开故土，不抛弃哺育自己和自己的儿女的严峻的土地。她没有离去，而只是把自己的苞芽藏得更严实，裹得更紧，使它们免遭严寒的摧残，开春时迸发出新叶，然后培育出种子，把它们奉献给大地，使生命万古长存，永葆青春。是啊，她有自己的职责，而且忠贞不渝地履行这些职责，就像永远必须做那些为了生存下去而必须做的事情一样。

北风劲吹。像骨头似的硬邦邦的树枝互相碰撞，噼啪作响。刮北风的时间一向很长，一刮就是一个星期，两个星期。这一来，一切生物都得倍加小心，更何况天气严寒呢。好在我的住宅多少保护着她。但她毕竟还要挨冷受冻啊。严寒要持续很长时间，以致许多赢弱的生命活不到来年开春。但她能活到这个季节。她挺得住，而且年复一年地屹立在我的窗前……

◈作者简介：

赫尔曼·黑塞（1877 ~ 1962）

德国小说家、散文家、诗人。1923 年入瑞士籍。其主要作品有《彼得·卡门青》、《荒原狼》、《东方之行》、《玻璃球游戏》等，被称为"德国浪漫派最后的一个骑士"。1946 年获诺贝尔文学奖。

山 口

　　风在勇敢的小道上吹拂。树和灌木留在下面，这里只生长石头和苔藓。没人到这里来寻觅东西，也没人在这里有产业，这上面也没有农民的干草和木材。但是，远方在召唤，眷念在燃烧，眷念在岩石、泥沼和积雪之上筑成这条宜人的小道，通往另一些山谷，另一些房屋，另一些语言和人群。

　　到了山口的高处，我站住脚。往下的道路通向两侧，水也流向两侧；在这儿高处，紧挨着的、手携手的一切，都找到了各自的道路通往两个世界。我的鞋子轻轻触过的小水潭泻向北方，它的水流入遥远的寒冷的大海。紧挨着小水潭的小堆残雪，一滴滴雪水落向南方，流向利古里亚和亚得里亚海岸汇入大海，这大海的边缘是非洲。但是，世界上所有的水都会重逢，冰海和尼罗河融合成潮湿的云团。这古老、优美的譬喻使我感到这个时刻的神圣。每一条道路都引领我们流浪者回家。

　　我的目光还可以选择，北方和南方还都在视野之内。再走五十步，我眼前展开的就只有南方了。南方从浅蓝的山谷里向山上呼出多么神秘的气息啊！我的心多么急切地迎着它跳动啊！对湖泊和花园的预感，葡萄和杏仁的清香，向山上飘来，还有关于眷念和罗马之行的古老而神圣的传说。

回忆像远方山谷里的钟声从青春岁月里向我传来：我首次去南方旅行时的兴奋心情，我如何陶醉地吸着蓝色湖畔的花园里浓郁的空气，夜晚时又如何侧耳倾听苍白的雪山那边遥远的家乡的声息！在古代神圣的石柱前的第一次祈祷！第一次像在梦中那样观赏褐色岩石背后泛起白沫的大海的景象！

陶醉的心情不复存在了，向我全身心的爱展示美丽的远方和我的幸福的那种愿望，也不复存在了。我心中已不再是春天，而是夏天。陌生人向站在高处的我致意，那声音听来另是一种滋味。它在我胸中的回响更无声息。我没有把帽子抛到空中。我没有歌唱。

但是我微笑了，不只是用嘴。我用灵魂，用眼睛，用全身的皮肤微笑，我用不同于从前的感官，去迎那向山上送来芳香的田野，它们比从前更细腻，更沉静，更敏锐，更老练，也更含感激之情。今天，这一切比往昔越发为我所有，同我交谈的语言更加丰富，增加了成百倍的细腻程度。我的如醉的眷念不再去描绘那些想象朦胧远方的五彩梦幻，我的眼睛满足于观看实在的事物，因为它已经学会了观看。从那时起世界已变得更加美丽。

世界已变得更加美丽。我独自一人，并且不因为孤单而苦恼。我别无其他愿望。我准备让太阳把我煮熟。我渴望成熟。我准备去死，准备再生。

世界已变得更加美丽。

村 庄

群山南侧第一个村庄。从这里才真正开始流浪者的生活；我喜爱这生活，这漫无目的的漂泊，这阳光下的休憩，这无羁绊的流浪精神。我非常喜爱背着背囊生活，裤子上还要饰有缨穗。

我让人给我把酒从酒店里拿到户外来，这时，我突然想起了费奇奥·布索尼。"您真是一脸乡村气哪，"这个可爱的人带着一点挖苦的味道说，那是我们最后一次——离现在没多久——在苏黎世见面的时候。安德雷亚指挥演出了马勒的一部交响曲，我们在常去的那家饭店里聚会，我又为见到布索尼苍白的幽灵般的脸庞和这个十分出色的反市侩者——这种人今天还有——故作轻浮而感到高兴。——怎么想起他来了？

我知道了！我想的不是布索尼，不是苏黎世，不是马勒。碰到不顺心的事，通常会产生这种记忆的错乱，总爱先浮现出一些不会伤人心的印象来掩饰真情。我现在明白了！在那家饭店里，还有一个年轻女子在座，浅金色头发，两颊红晕，我同她没说一句话。你啊，天使！看着她既是享受又是痛苦，我在那整整一小时里是多么爱她！我又成了十八岁的青年。

这一切刹那间又都历历在目。美丽的、浅金色头发的、快活的女子！我记不起你叫什么名字了。我爱过你一个钟头，今天，在这阳光下的山村小道旁，我又爱了你一个钟头。谁也及不上我那么爱你，谁也不曾像我那样给予你那么多的权力，不受制约的权力。但是我被谴责为不忠实。我属于轻浮者之列，这类人爱的不是某个女人，他们爱的只是爱本身。

我们流浪者都是天性如此。我们的流浪欲望和放荡不羁精神主要是爱，是恋爱。旅游罗曼蒂克的一半无非是期望艳遇，另一半是把恋爱加以变化的无意识的冲动。我们流浪者最得心应手的是，恰恰为了爱的愿望不能实现而去培育爱的愿望，并把本该属于女人的那种爱，嬉戏地分给村庄和山峦，湖泊和峡谷，分给路旁的儿童，桥头的乞丐，牧场上的牛，以及鸟儿与蝴蝶，我们把爱同对象分开，我们只需要爱本身就足够了，一如我们的流浪中从不寻找目的地，而仅仅享受着流浪本身——永远在途中。

脸蛋娇嫩的年轻女子，我不想知道你的名字。我不想养育和丰盈我对你的爱。你不是我的爱的目的，而是它的推动力。我把这爱送掉，送给路旁的花，酒杯里的闪闪阳光，教堂钟楼的红色圆顶。你造谣说，我热恋着这个世界。

　　哈哈，愚蠢的谣言！在山上的农舍里，我昨夜梦见过这位金发女子。我疯狂地热恋着她。如果她留在我身边的话，我早就为了她付出我的余生以及流浪者的一切欢乐。今天我整日思念她。为了她，我喝葡萄酒，吃面包。为了她，我把村庄和钟楼画在我的小本子上。为了她，我感谢上帝——因为她活着，因为我可以见到她。为了她，我将写一首歌，并用这红葡萄酒灌醉我自己。

　　所以，我在这阳光明媚的南方第一次的休憩，无疑要用来思念山那边的一位浅金色头发的女子。她的有生气的嘴有多美啊！这个可怜的生命多么美，多么愚蠢，多么令人着魔啊！

温馨与光明

❖**作者简介：**

施 托 姆（1817 ~ 1888）

德国小说家、诗人。其主要作品有《玛尔特和她的表》、《茵梦湖》、《离别》、《一片绿叶》、《在大学里》、《诗集》、《淹死的人》、《白马骑士》、《双影人》等。

春到海堤

　　我们的海岸边以前曾长着好多高大的橡树林，树木茂密；一只小松鼠可以从一根树枝跳到另一根树枝，连续几里不着地。传说当婚礼行列穿过树林时，新娘必须摘下头上的凤冠，可见枝丫垂得多么低了。盛夏，这高高的树木构成的大教堂终日蔽荫凉爽。那时还有野猫和猞猁在林中穿行。在那雄鹰触目可及的高处，阳光的大海在树梢上汹涌澎湃。

　　但这些树林早已被伐光了，只有人们偶尔从黑色的泥沼中或从浅滩的淤泥中挖出个把石化了的树根，它会让我们后人神驰那一片树冠在与西北方向来的暴风激烈搏斗，发出惊心动魄的喧嚣。而我们今天站在海堤上，望着一片无树的平原，犹如望着永恒。当那位哈利希岛的女居民第一次从她的小岛来到这里时，她的话说得多么正确啊："我的上帝，狄个（这个）世界嘎（这么）大；伊（它）要一直连牢（连着）荷兰了！"

　　海堤上的风多么令人神清气爽！家乡是我魂之所系；在什么地方又能像这儿一样尽情享受星期天的早晨呢！

　　在下面那新开发的沼泽地中，第一阵温暖的春雨已将无边无垠的草地染绿；散布着的数不清的牛在吃草，连接着一个个"沼潭"

的水沟宛如银色的带子在早晨的阳光下闪烁。吼叫声和撞击声在辽阔的原野深处飘荡，此起彼伏，此呼彼应，相偕成趣。而耕牛的那些长翅膀的朋友们——椋鸟——是多么活跃！喧闹蝗鸟群从低地升起，在我的面前掠过来掠过去，然后密密麻麻地落在堤顶，少顷，便灵巧地啄食着，顺堤坡而下，向海边漫步而去。

然而，沿着下边那从城市流来，向大海注入的河流边，新的谷草编成的网闪闪发光，令人神往，这是为了阻挡海潮的啃啮而铺设的。——河水雍容大方地流过这洁净的地毯。——时值清晨，青春时代梦幻般的感觉再度征服了我，仿佛这个日子将给我带来难以言传的妩媚。每个人都有在心底欢迎幸福幽灵光临之时。

温馨与光明

世界散文精品集丛书

❖作者简介：

库尔特·图霍尔斯基
（1890～1935）

德国作家。其主要作品有小说集《莱因斯贝格——恋人的胜地》、《格里普斯霍尔姆官》，散文集《蒙娜丽莎的微笑》、《别哭，要学着笑》等。

没有新雪

当你向上攀登，气喘吁吁地环顾四周时，你会觉得自己真了不起，竟能登上这么高的山峰，而且是独自一人，然而你马上又总会发现雪地里的脚印。在你之前这里已经有人来过。

信仰上帝。不要信仰上帝。抛弃一切哲学。让医生宣布你得了胃癌，并且告诉你只能再活上四年，然后就一了百了。相信女人。不要相信女人。同时和两个女人一起生活。随波逐流；归真返朴……

所有这些生活情感，在你之前已经有人体验过了；有人相信过，有人怀疑过，有人笑过，有人哭过，还有人用手指挖着鼻孔沉思过。前面总是已经有过其他人。

我知道，这改变不了什么，你毕竟是头一次经历这些。对你而言，这里是新雪。但它毕竟不是，发现这一点最初是很痛苦的。从前，在波兰有一个犹太人，他没钱上大学，但他脑子里总想着数学问题。他阅读能够得到的所有的书，也就那么可怜巴巴的几本。他研究和思考，仅仅为自己思考。有一天，他终于有所发明，他发明了一种全新的体系，他觉得：我找到了什么。当他离开小城，来到外面的世界，他看到了许多新书，他自以为是发明创造的东西，其实早就有了，这就是微积分。不久，他就去世了。有人说，他是死于肺结核。其实他并非死于肺结核。

在孤独中这点最为奇特。在人群中，人们有着标准的经历，你也许愿意相信这一点。但是当他们也像你一样孤独，也这样冥思苦想，甚至考虑到死亡，离群索居，试图展望未来时，他们也许会以为自己是站在人类的脚尚未踏过的高山之上。但是，那儿已有脚印，总是已经有人先到过了，总是有人登得更高，远远超过了你的能力。

你不应泄气。攀登，攀登，攀登。但是，没有顶峰，也没有新雪。

温馨与光明

❖作者简介：

安徒生（1805～1875）

丹麦作家。其主要作品有《旅行剪影》、《哈兹山中漫游记》、《我一生的童话》、《光荣的荆棘路》等。

光荣的荆棘路

从前有一个古老的故事："光荣的荆棘路：一个叫做布鲁德的猎人得到了无上的光荣和尊严，但是他却长时期遇到极大的困难和冒着生命的危险。"我们大多数的人在小时候已经听到过这个故事，可能后来还谈到过它，并且也想起自己没有被人歌颂过的"荆棘路"和"极大的困难"。故事和真事没有什么很大的分界线。不过故事在我们这个世界里经常有一个愉快的结尾，而真事常常在今生没有结果，只好等到永恒的未来。

世界的历史像一个幻灯。它在现代的黑暗背景上，放映出明朗的片子，说明那些造福人类的善人和天才的殉道者在怎样走着荆棘路。

这些光耀的图片把各个时代，各个国家都反映给我们看。每张片子只映几秒钟，但是它却代表整个的一生——充满了斗争和胜利的一生。我们现在来看看这些殉道者行列中的人吧——除非这个世界本身遭到灭亡，这个行列是永远没有穷尽的。

我们现在来看看一个挤满了观众的圆形剧场吧。讽刺和幽默的语言像潮水般地从阿里斯托芬的"云"喷射出来。雅典最了不起的一个人物，在人身和精神方面，都受到了舞台上的嘲笑。他是保护人民反抗三十个暴君的战士。他名叫苏格拉底，他在混战中救援了阿尔西比亚得和色诺芬，他的天才超过了古代的神仙。他本人就在场。他从观众的凳子上站起来，走到前面去，让那些正在哄堂大笑的人可以看看，他本人和戏台上嘲笑的那个对象究竟有什么相同之点。他站在他们面前，高高地站在他们面前。

你，多汁的、绿色的毒胡萝卜，雅典的阴影不是橄榄树而是你！

七个城市国家在彼此争辩，都说荷马是在自己城里出生的——这也就是说，在荷马死了以后！请看看他活着的时候吧！他在这些城市里流浪，靠朗诵自己的诗篇过日子。他一想起明天的生活，他的头发就变得灰白起来。他，这个伟大的先知者，是一个孤独的瞎子。锐利的荆棘把这位诗人圣哲的衣服撕得稀烂。

但是他的歌仍然是活着的；通过这些歌，古代的英雄和神仙也获得了生命。

图画一幅接着一幅地从日出之国，从日落之国现出来。这些国家在空间和时间方面彼此的距离很远，然而它们却有着同样的光荣的荆棘路。生满了刺的蓟只有在它装饰着坟墓的时候，才开出第一朵花。

骆驼在棕榈树下面走过。它们满载着靛青和贵重的财宝。这些东西是这国家的君主送给一个人的礼物——这个人是人民的欢乐，是国家的光荣。嫉妒和毁谤逼得他不得不从这国家逃走，只有现在人们才发现他。这个骆驼队现在快要走到他避乱的那个小镇。人们抬出一具可怜的尸体走出城门，骆驼队停下来了。这个死人就正是他们所要寻找的那个人：费尔杜西——光荣的荆棘路在这儿告一结束！

在葡萄牙的京城里，在王宫的大理石台阶上，坐着一个圆面孔、厚嘴唇、黑头发的非洲黑人，他在向人求乞。他是加莫恩的忠实的奴隶。如果没有他和他求乞得到的许多铜板，他的主人——叙事诗《路西亚达》的作者——恐怕早就饿死了。

现在加莫恩的墓上立着一座贵重的纪念碑。

还是一幅图画！

铁栏杆后面站着一个人。他像死人一样的惨白，长着一脸又长又乱的胡子。

"我发明了一件东西——一件许多世纪以来最伟大的发明，"他说，"但是人们却把我放在这里关了二十多年！"

"他是谁呢？"

"一个疯子！"疯人院的看守说，"这些疯子的怪想法才多呢！他相信人们可以用蒸气推动东西！"

这人名叫萨洛·得·高斯，黎显留读不懂他的预言性的著作，因此他死在疯人院里。

现在哥伦布出现了。街上的野孩子常常跟在他后面讥笑他，因为他想发现一个新世界——而且他也的确发现了。欢乐的钟声迎接着他的胜利的归来，但嫉妒的钟声敲得比这还要响亮。他，这个发现新大陆的人，这个把美洲黄金的土地从海里捞起来的人，这个把一切贡献给他的国王的人，所得到的酬报是一条铁链。他希望把这条链子放在他的棺材上，让世人可以看到他的时代所给予他的评价。

图画一幅接一幅的出现，光荣的荆棘路真是没有尽头。

在黑暗中坐着一个人，他要量出月亮离山岳的高度。他探索星球与行星之间的太空。他这个巨人懂得大自然的规律。他能感觉到地球在他的脚下转动。这人就是伽利略。老迈的他，又聋又瞎，坐在那儿，在尖锐的苦痛中和人间的轻视中挣扎。他几乎没有气力提起他的一双脚：当人们不相信真理的时候，他在灵魂的极度痛苦中曾经在地上跺着这双脚，高呼道："但是地球在转动呀！"

这儿有一个女子，她有一颗孩子的心，这颗心充满热情和信念。她在一个战斗的部队前面高举着旗帜；她为她的祖国带来胜利和解放。空中响起了一片狂乐的声音，于是柴堆烧起来了。大家在烧死一个巫婆——冉·达克。是的，在接着的一个世纪中人们唾弃这朵纯洁的百合花，但智慧的鬼才伏尔泰却歌颂"拉·比塞尔"。

在微堡的宫殿里，丹麦的贵族烧毁了国王的法律；火焰升起来，把这个立法者和他的时代都照亮了，同时也向那个黑暗的囚楼送进一点彩霞。他的头发斑白，腰也弯了；他坐在那儿，用手指在石桌上刻出许多线条。他曾经统治过三个王国。他是一个民众爱戴的国王；他是市民和农民的朋友：克利斯仙二世。他是一个莽撞时代的一个有性格的莽撞人。敌人写下他的历史。我们一方面不忘记他的血腥的罪过，一方面也要记住：他被囚禁了二十七年。

有一艘船从丹麦开出去了。船上有一个人倚着桅杆站着，向汶岛作最后的一瞥。他是杜却·布拉赫。他把丹麦的名字提升到星球上去，但他所得到的报酬是讥笑和伤害。他跑到国外去。他说："处处都有天，我还要求什么别的东西呢？"他走了。我们这位最有声望的人在国外得到了尊荣和自由。

"啊，解脱！只愿我身体中不可忍受的痛苦能够得到解脱！"好几世纪以来我们就听到这个声音。这是一张什么画片呢？这是格里芬菲尔德——丹麦的普洛米修斯——被铁链锁在木克荷尔姆石岛上的一幅图画。

我们现在来到美洲，来到一条大河的旁边。有一大群人集拢来，据说有一艘船可以在坏天气中逆风行驶，因为它本身具有抗拒风雨的力量。那个相信能够做到这件事的人名叫罗伯特·富尔登。他的船开始航行，但是它忽然停下来了。观众大笑起来，并且还"嘘"起来——连他自己的父亲也跟大家一起"嘘"起来：

"自高自大！糊涂透顶！他现在得到了报应！应该把这个疯子关起来才对！"

一根小钉子摇断了——刚才机器不能动就是因为它的缘故。轮子转动起来了，轮翼在水中向前推进，船在开行；蒸汽机的杠杆把世界各国间的距离从钟头缩短成为分秒。

人类啊，当灵魂懂得了它的使命以后，你能体会到在这清醒的

温馨与光明

片刻中所感到的幸福吗？在这片刻中，你在光荣的荆棘路上所得到的一切创伤——即使是你自己所造成的——也会痊愈，恢复健康、力量和愉快；嘈音变成谐声；人们可以在一个人身上看到上帝的仁慈，而这仁慈通过一个人普及到大众。

光荣的荆棘路看起来像环绕着地球的一条灿烂的光带。只有幸运的人才被送到这条带上行走，才被指定为建筑那座连接上帝与人间的桥梁的、没有薪水的总工程师。

历史拍着它强大的翅膀，飞过许多世纪，同时在光荣的荆棘路的这个黑暗背景上，映出许多明朗的图画，来鼓起我们的勇气，给予我们安慰，促进我们内心的平安。这条光荣的荆棘路，跟童话不同，并不在这个人世间走到一个辉煌和快乐的终点，但是它却超越时代，走向永恒。

❖ 作者简介：

布兰兑斯（1842 ~ 1927）

丹麦文学批评家。其主要作品有《十九世纪文学主潮》、《流亡者文学》、《歌德传》、《波兰印象》、《俄罗斯印象记》等。

人 生

这里有一座高塔，是所有的人都必须去攀登的。它至多不过有一百级。这座高塔是中空的。如果一个人一旦达到它的顶端，就会掉下来摔得粉身碎骨。但是任何人都很难从那样的高度摔下来。这是每一个人的命运：如果他达到注定的某一级，预先他并不知道是哪一级，阶梯就从他的脚下消失，好像它是陷阱的盖板，而他也就消失了。只是他并不知道那是第二十级或是第六十三级，或是哪一级；他所确实知道的是阶梯中的某一级一定会从他的脚下消失。

最初的攀登是容易的，不过很慢。攀登本身没有任何困难，而在每一级上从塔上的瞭望孔望见的景致是足够赏心悦目的。每一件事物都是新的。无论近处或远处的事物都会使你目光依恋流连，而且瞻望前景还有那么多的事物。越往上走，攀登越困难了，目光不大能区别事物，它们看起来都是相同的。同时，在每一级上似乎难以有任何值得留恋的东西。也许应该走得更快一些，或者一次连续登上几级，然而这是不可能做到的。

通常是一个人一年登上一级，他的旅伴祝愿他快乐，因为他还没有摔下去。当他走完十级登上一个新的平台后，对他的祝贺也就更热烈些。每一次人们都希望他能长久地攀登下去，这希望也就显

温馨与光明

115

露出更多的矛盾。这个攀登的人一般是深受感动，但却忘记了留在他身后的很少有值得自满的东西，并且忘记了什么样的灾难正隐藏在前面。

这样，大多数被称作正常的人的一生就如此过去了，从精神上来说，他们是停留在同一个地方。

然而这里还有一个地洞，那些走进去的人都渴望自己挖掘坑道，以便深入到地下。而且，还有一些人的渴望是去探索许多世纪以来前人所挖掘的坑道。年复一年，这些人越来越深入地下，走到那些埋藏金属和矿物的地方。他们使自己熟悉那地下的世界，在迷宫般的坑道中探索道路，指导或是了解或是参与到达地下深处的工作，并乐此不疲，甚至忘记了岁月是怎样逝去的。

这就是他们的一生，他们从事向思想深处发掘的劳动和探索，忘记了现时的各种事件。他们为他们所选择的安静的职业而忙碌，经受着岁月带来的损失和忧伤，和岁月悄悄带走的欢愉。当死神临近时，他们会像阿基米德在临死前那样提出请求："不要弄乱我画的圆圈。"

在人们眼前，还有一个无穷无尽地延伸开去的广阔领域，就像撒旦在高山上向救世主显示的所有那些世上的王国。对于那些在一生中永远感到饥渴的人，渴望着征服的人，人生就是这样；专注于攫取更多的领地，得到更宽阔的视野，更充分的经验，更多地控制人和事物。军事远征诱惑着他们，而权力就是他们的乐趣。他们永恒的愿望就是使他们能更多地占据男人的头脑和女人的心。他们是不知足的、不可测的、强有力的。他们利用岁月，因而岁月并不使他们厌倦。他们保持着青年的全部特征：爱冒险，爱生活，爱斗争，精力充沛，头脑活跃，无论他们多么年老，到死也是年轻的。好像鲑鱼迎着激流，他们天赋的本性就是迎向岁月之激流。

然而还有这样一种工场——劳动者在这个工场中是如此自在，终其一生，他们就在那里工作，每天都能得到增益。在不知不觉中，他们变得年老了。的确，对于他们，只需要不多的知识和经验就够了。然而还是有许多他们做得最好的事情，是他们了解最深，见得最多的。在这个工场里生活变了形，变得美好，过得舒适。因而那开始工作的人知道他们是否能成为熟练的大师只能依靠自己。一个大师知道，经过若干年之后，在钻研和精通技艺上停滞不前是最愚蠢的。他们告诉自己：一种经验（无论那可能是多么痛苦的经验），一个微不足道的观察，一次彻底的调查，欢乐和忧伤，失败和胜利，以及梦想、臆测、幻想、人类的兴致，无不以这种或另一种方式给他们的工作带来益处。因而随着年事渐长，他们的工作也必须更丰富。他依靠天赋的才能，用冷静的头脑信任自己的才能，相信它会使他们走上正路，因为天赋的才能是属于他们自己的。他们相信在工场中，他们能够做出有益的事情。在岁月的流逝中，他们不希望获得幸福，因为幸福可能不会到来。他们不害怕邪恶，而邪恶可能就潜伏在他们自身之内。他们也不害怕失去力量。

即使他们的工场不大，但对他们来说已够大了。它的空间已足以使他们在其中创造形象和表达思想。他们是够忙碌的，因而没有时间去察看放在角落里的计时沙漏计，沙子总是在那儿下漏着。当一些亲切的思想给他以馈赠，他是知道的，那像是一只可爱的手在转动沙漏计，从而延缓了它的停止。

❖作者简介：

埃林·彼林（1877～1949）

保加利亚著名作家。其作品有短篇小说《两集》、幽默作品《我的烟灰》、中篇小说《格拉克一家》、《土地》、短篇集《修道院脚下的葡萄园》和《我、你、他》等。

 # 孤独的树

　　一阵肆虐的狂风从遥远的树林里刮来两棵种子，随意将它们分撒在田野里。雨水将它们润湿，泥土将它们埋藏，阳光给它们温暖。于是，它们在田地里长成了两棵树。

　　最初，它们十分矮小，然而无心的时间把它们高高地拉离地面。它们便能眺望得比从前远多了。

　　它们也能彼此看见了。

　　田野十分辽阔，直到那葱绿的平原的尽头，也看不到任何其他的树木，只有这两株远远分隔着的树，形影相依地伫立在田野中间。它们的枝丫纵横交错，仿佛是用来丈量这旷野的奇怪的标尺。

　　它们遥遥相望，彼此思念，彼此倾慕。然而，当春天来临，生命的力量给它们温暖，充盈的液汁在它们体内流动起来时，它们心中也勾起了对那永存的，同时也是永远离开了的母林的思念。

　　它们会心地摇动着树枝，相互默默地打着手势。当一只小鸟像一种心念从这棵树飞到那棵树的时候，它们就高兴得战栗了起来。

　　狂风暴雨来临时，它们惶恐地东摇西摆，折断了树枝，呜呜地呻吟叫喊，仿佛想挣脱地面，双方飞奔到一起，紧靠支撑，并在相互拥抱中获得解救。

夜晚到来，它们消失在黑暗中，重又被分隔开来。它们痛苦得如同病魔缠身，它们祈求地仰望天空，期望快快给它们送来白日的光辉，以求再能彼此相见。

　　如果猎人和干活的人坐在它们中的一个的影子下休息，另一个就忧伤地喃喃低语，沉痛地诉说孤独的生活多么苦恼，离开亲人的日子过得多么缓慢、沉重、没有意义；它们的理想因得不到理解而消失；它们的希望因不能实现而破灭；找不到慰藉的爱情多么强烈，没有亲情的处境多么难以忍受。

温馨与光明

◆**作者简介：**

斯塔内夫（1907～
1979）

保加利亚作家。其作品有中篇小说《在寂静的
夜晚》、《偷桃子的人》，长篇小说《反基督者》和
《伊万·孔达罗夫》等。

秃尾巴

　　古茹克是很多年以前我的一只猎犬。它的四条腿短短的，毛是黑灰色的，头上有一半是白色。跟别的猎犬比，它的尾巴最特别了。那条尾巴与众不同：很短，不好看。这得归咎于我们的邻居米留爷爷（我是从他那儿抱来的古茹克）家的毛驴。在这只狗很小的时候，那头毛驴踩了它的尾巴，结果，有半截尾巴萎缩了；于是，米留爷爷把萎缩的那一段剪掉了。就这样，古茹克的尾巴变得短短的。从那时起我们大家都管它叫古茹克，意思是"秃尾巴"。

　　个子最小、长相最丑的古茹克怯生生地、忧伤地长大了，仿佛它有什么过错一样。它的一对黑眼睛可怜兮兮地，然而又十分聪明地注视着人。过去谁都没有抚摸过它，因此，当我开始用十分友好的态度对待它并把各种美味拿给它时，它打着滚儿，蹭着背，细声细气地叫着。有我在场时，它总是允许自己采取一些勇敢的行动，诸如朝猫或径直对着驴嘴吠叫。它最常干的事就是拖着一块碎布和一块扯坏了的兔皮在院子里跑来跑去。在古茹克满了七个月以后，我把它带到林子里，开始教它追赶猎物。它特别热衷于捉兔子，它急促地跟在兔子后面狂吠，又如此执著地追赶着它们，真是超过了城里所有的猎犬。

夏天已过，秋天来到，捕猎羚羊的季节开始了。我哥哥回家来了。他带来一支从首都买到的新的双筒枪。他一听说朋友们要上山打羚羊，马上要求参加，不过，他没有猎犬。

"你把古茹克带去吧！"我向他建议。

"难道这能算猎犬吗？我可不能带这样的狗，别人看见它会耻笑我的。"他说。

不过，我坚持让他带。后来，我哥哥同意让我跟它一块儿去，并且由我自己牵着古茹克，就这样，他对我的请求让步了。

打猎的队伍由十来个人组成，大部分是城里的公务人员。两三头毛驴驮着食物和厚厚的外衣。大伙踏上了尘土飞扬的公路，送行的人们打着趣，祝愿他们走运。毛驴得得地在前面走着，猎人们跟在它们后面，有的戴着鸭舌帽，有的戴着皮帽。他们肩上扛着枪，挎着背包和口袋，腰间挂子弹带、插着羊角号，大家高声谈笑着。

古茹克跟在我后面走，它的尾巴卷曲着，时不时胆怯地看一眼别的狗。它从没跟同伴一起追捕过猎物，现在显得不合群，仿佛是意识到了自己的丑陋和弱点。猎人们耻笑我带着这么一条狗。他们自豪地看着自己的硕大的猎犬，预言古茹克是不会离开我带来的口袋的。

"我看咱们最好把它绑在我的阿拉普的尾巴上，让阿拉普拉着它。"一个留着金黄色小胡子，脸色像女孩一样红润的猎人说，"连狼都不会吃它，你的古茹克太瘦了。"

"就连白铁片都没法给它拴，无处可拴！"

我没吭声，我的脸发红，用审视的目光看着古茹克怎么用它那弯曲的腿可笑地迈着步子。然而，我对猎人们的讥讽越听得多，就越喜欢古茹克。

晚上，我们进到山里，在一棵粗壮高大的水青桐树下扎了营。那儿有一眼清泉，我们点燃了篝火，吃了晚饭，在装满了蕨的麻袋上躺下。山间传来了有如疾风呼啸的水声，小星星在我们头顶上闪烁，消失在老林的树梢间。

我躺在麻袋上，无法入睡。我的想象力一会儿描绘着一只在森林里可怖的黑影中徘徊的羚羊，一会儿又描绘着走过我们身旁的鹿群。古茹克挨我躺着。它总能觉察到我对它的抚摸，在这种时刻，它总是用它那短短的尾巴敲打着厚厚的落叶。

我不记得自己是否睡着了。半夜里，猎人们起来走到泉边撩水洗脸。火上正烤着肉串，大家从提包里往外拿点心。离黎明还远，山中的水声仍然在呼啸，好似时光就在我们身边飞逝。被烤肉的香味撩逗得兴奋的猎犬汪汪叫着，在它们的眼中反射出火光。

"起来！"我哥哥说，"咱们得好好吃早点，因为不知道什么时候才能吃午饭呢。过一会他们朝哪边指，你就把狗朝哪边放！"

我们营地里的人很快就走光了。浇灭的火堆在冒着水汽。猎人们一个跟着一个，沿着一条林中小道前进。道旁一条小溪泡沫飞溅、银光闪闪。我觉得我们是走在由另外的世界遗留下来的恐怖魔地上。密阴中有的地方间或能透过几丝月光，照亮了覆盖着黑莓、长满蘑菇的柴堆。在小道转弯处我总是期待能看见童话中的小屋，人们不知从何时起一直在那里面熟睡。有时我看见枝杈有如手臂的大树，它仿佛不是树，而是森林之神。已是黎明时分，天空似乎变低了，星星在熄灭之前显得更亮了。

"你把古茹克和这条狗放到这个山谷里去！"一个人边说边把一根冰冷的铁链交给我，那链上系着一只身子长长的、嘴上多毛的狗，"你只要一听见羊角号声，就把它们放开！可是，千万别在这之前放！你在这儿呆着，一直等到我来接你。你不害怕，是不是？"

一纵列的人从我身边走过，只剩下我独自一个。我坐在被露水打湿的路上，仔细倾听着猎人们逐渐远去的脚步声。晨曦开始透进黑暗的森林，山毛榉的树干越来越发白，落叶铺成的厚厚的地毯也已清晰可辨。一个巨大的山谷展现在我面前，谷地的一个斜坡有如一堵高墙，坡上一棵棵挺拔的大树充满生机，黑莓灌木郁郁葱葱，一些倒下的老树横卧在地。一只俗称"泥瓦匠"的小鸟那急促的叫声充满了阴凉的山林，一朵云彩出现在高高的、已经变白的天空中。

母狗在往后退，它呜呜地叫着，古茹克则蹲坐着。我担心它会被大森林吓着，会像那个猎人所断言的一样，不肯离开我，然而古茹克看来很平静。为了给它壮胆，我抚摸了它的白脑袋。我热切期望它能有出众的表现。

天大亮了。高处传来从羊角吹出的短促信号。我解开了拴着的两条狗，它们立即朝谷地冲去。一分钟之后，周围又寂静得使人紧张了，只有那"泥瓦匠"还在啼叫，那声音使人以为有谁在林中走路时踏折了脚下的枯枝。

我倾听着自己的心跳，屏息等待着第一声狗叫划破清晨的寂静。突然，在我上方，在山林深处，仿佛有人在用铁锤敲打着铁砧。这种声音扩散为经受痛苦后欢呼胜利的尖叫并逐渐转变为低音的吠声，好似阴凉的山林在发出喉音很重的、深沉的叹气。就在这时，古茹克从山谷的峭坡上吓人地尖叫了起来。长身子的母狗马上也掺和了进去。它那尖锐响亮的狂吠立即盖过了古茹克的叫声。

一只很大的羚羊腿上拖拉着长长的一丛枝叶（它仿佛是在用这些枝叶游泳），带着震耳的巨响从陡坡滑下，闪电般地越过了谷地，在离我十来步远的地方停住了。它竖起耳朵倾听了一秒钟，然后猛地一纵，消失在森林中了，古茹克像飞箭般追赶着羚羊，母狗则跟在古茹克后面，吠声灌入我耳中。我走过来，走过去，被这种奇妙的音乐激奋，真想大声喊叫。

一切都是在一瞬间发生的。我简直没能立即清醒过来。两只狗像旋风般跑去，它们的叫声已在远处。欣喜之极的我数着时间，等待着射击声。终于，在高处，从山脊传来两声枪响，然后又是两响。爆破的回声在高山的皱襞间回荡，接着，古茹克的吠声像一声叹息似的消失了。

又变成一片寂静。"泥瓦匠"又惊恐地啼叫起来，太阳照亮了森林，升得高高的，烘烤着大地。我失去了耐性，老待在这儿也使我腻烦了。不过，我不敢远离山谷，怕迷路。就这样过去了一小时、两小时。高处，羊角号又吹响了。清早把母狗留在我身边的那个猎人出现在林木之间。他蹚着齐膝的落叶朝我走来。

"你的小狗把一只羚羊赶到你哥哥那儿。"他说。

"他把羚羊打死了吗？"

"没有，他开了枪，不过没打中。"猎人说完后，坐下，把额头的汗擦掉。

"还有谁打枪了？"

"我不清楚。有一个人打了两枪，打着了羚羊，因为狗不叫了。"

在我们上方的各个埋伏点，猎人们喊了起来。我们朝营地走去，全体人员应在那儿集合。在我们身后走来了两个猎人，他们用一根棍子抬着被击毙的羚羊。我哥哥也来了，神情沮丧，皱着眉头。

"古茹克给我赶来了一只羚羊，结果呢，是我不中用。"他懊丧之极地说，"你喊它，让它回来吧！所有的狗都回来了。你喊吧，它听得出你的声音。"

我喊了许久，可是古茹克没来。在我们吃午饭的时候，我又一再喊它，一再吹羊角号。人们赶着毛驴，毛驴驮着羚羊，打猎的队伍动身回城了。我留在后面喊我的古茹克，我那时始终无法摆脱这样的一个想法：我永远都见不着古茹克了。

"别担心，你的小狗会回来的，不会丢的。"猎人们安慰我，"谁都不需要这样的狗，它会找到咱们留下的痕迹，半夜里会跑回你们家，会在门上抓挠。"

然而，夜里，古茹克没回来。

第二个星期天，一个穿着浅褐色衣服的山民来到我家。他扛着一根棍子，上面系着一个山羊皮口袋，他在我哥哥面前站定，用低沉的嗓音慢吞吞地说：

"我来告诉一声你们家的小狗碰到了什么事。大前天，我们去砍柴时，在特尔卡里亚斯草坪的路边找着了这条小狗。它追赶过羚羊，赶上了它，留下来守着它。很明显，羚羊被射中了，小狗在那儿看着，可是你们没去把羚羊捡回来。结果在夜里，那些坏家伙——狼去了，它们把羚羊吃了，把小狗也掐死了……它们把羚羊的骨头差不多都吃光了，可是只吃了小狗的肝，看来，它们只喜欢它的肝……"

小小的、丑陋的、看来畸形然而又聪明可爱的古茹克就这样遇难了。正像众多谦虚、不漂亮、表面上微不足道的人（我们从第一眼往往不能珍视他们）一样，古茹克也拥有一颗勇敢、忠诚的心。

温馨与光明

❖作者简介：

泣格尔克维斯特
(1891～1974)

瑞典诗人、戏剧家、小说家。其主要作品有诗集《苦闷》，短篇小说《刽子手》，长篇小说《休儒》等。自传体散文《父亲与我》是其散文名篇。1951年获诺贝尔文学奖。

父亲与我

记得是一个星期天的下午，那时我快满十岁，父亲搀着我的手，一块儿去森林，去那里听鸟的歌声。我们挥手同母亲告别，她留在家里，因为要做晚饭，不能与我们同去。太阳暖暖地照着，我们精神抖擞地上了路。其实，我们并不把去森林、听鸟鸣看作一件了不起的大事。好像有多么稀奇或怎么的。父亲和我都是在大自然的怀抱中长大的，熟悉了它的一切，去不去森林，是并不打紧的。当然，我们也不是今天非去不可，只是趁礼拜天，父亲休息在家罢了。我们走在铁路线上，这里一般是不让走的，但父亲在铁路工作，便享受了这份权利。这样，我们也就可以直接去森林，无需绕圈子、走弯路了。

我们刚走入森林，四周便响起了鸟雀的啁啾和其他动物的鸣叫。燕雀、柳莺、山雀和歌鸫在灌木丛里欢唱，它们悦耳的歌声在我们的身边飘荡。地面上铺满了一层厚厚的银莲花，白桦树刚绽出淡黄的叶子，松树吐出了新鲜的嫩芽，四周弥漫着树木的气息。在太阳的照射下，泥土腾起缕缕蒸气。这里处处充满了生机。野蜂正从它们的洞穴里钻出；昆虫在沼泽地里飞舞；一只鸟突然像子弹似的从灌木丛中穿出，去捕捉那些虫类，尔后，又用同样速度拍翼而下。

正当万物欢跃的时候，一列火车呼啸着向我们驶来，我们跨到路基旁，父亲把两指对着礼帽，朝车上的司机行礼，司机也舞动一只手向我们回敬。这一切都在瞬间完成的。我们继续踏着枕木往前走。枕木上的沥青在烈日的曝晒下正在熔化。这里夹杂着各种气味，有汽油的，有杏花的，有沥青的，也有石楠树的。我们迈着大步，尽量踩在枕木上，因为轨道上的石子太尖，会把鞋底磨坏的。路轨两旁竖着一根根的电线杆，人从旁边擦过时，它们会发出歌一般的声音。这真是一个迷人的日子！天空晶蓝透明，不挂一丝云彩。父亲说，这种天气是不多见的。过不久，我们来到铁轨右侧的燕麦地里。我们在这里认识的那个佃户，有一块火种地。燕麦长得又整齐又稠密，父亲带着行家的表情观察着它们，随后脸上露出满意的神态。那时，我对农家之事不怎么懂，因为我长时间住在城里。我们走过一座桥，桥下的小河很少有过这么多的水，河水在欢腾着流动。我们手拉着手，以免从枕木间掉下去。过桥不一会，便到了护路工的小屋，小屋掩映在浓密的翠绿之中，四周是苹果树和醋栗。我们走进去，和里面的人打招呼，他们请我们喝牛奶。然后，我们去看他们养的猪、鸡和盛开着鲜花的果树。看完了，又继续赶路。我们想去那条大河，那里的风景比哪儿都好，而且很别致。河流蜿蜒着北去，流经父亲童年的家乡。我们通常得走好长的路才返回，今天也一样。走了很久，几乎到了下一个车站，我们才收住脚。父亲只想看看信号牌是否放在不适当的位置，他真细心。我们在河边停了下来，河水在烈日下轻缓地拍击着两岸，发出悠扬的声音。沿岸苍苍的落叶林把影子投在波光涟涟的河面上。这里，所有的一切都明亮、新鲜。微风从前面的湖上吹来。我们走下坡，顺着河岸走了一阵，父亲指点着钓鱼的地方。小时候，他常常一整天地坐在石上，垂着渔竿静候鲈鱼，但往往连鱼的影子都见不着。不过，这种生活是很悠闲快活的。但现在没时间钓鱼了。我们在河边闲逛着，大声笑闹着，把树皮抛入河里，水波立刻将它们带走，又向河里扔小石块，

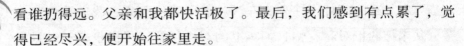

看谁扔得远。父亲和我都快活极了。最后，我们感到有点累了，觉得已经尽兴，便开始往家里走。

这时，暮色降临了，森林起了变化，几乎快变成一片黑色。我们加快起脚步，母亲现在一定焦虑地等待我们回家吃饭。她总是提心吊胆，怕有什么事会发生。这自然是不会的。在这样好的日子里，一切都应该安然无事，一切都会叫人称心如意的。天空越来越暗，树的模样也变得奇怪，它们伫立着静听我们的脚步声，好像我们是奇异的陌生人。在一棵树上，有只萤火虫在闪动，它趴着，盯视黑暗中的我们。我紧紧抓着父亲的手，但他根本不看这奇怪的光亮，只是走着。天完全黑了，我们走上那座桥，桥下可怕的声响仿佛要把我们一口吞掉，黑色的缝隙在我们的脚下张大着嘴，我们小心地跨着每道枕木，使劲拉着手，怕从上面坠下去。我原以为父亲会背我走的，但他什么也不说。也许，他想让我和他一样，对眼前的一切置之不理。我们继续走着。黑暗中的父亲神态自若，步履匀稳，他沉默着，在想自己的事。我真不懂，在黑暗中，他怎会如此镇定。我害怕地环顾四周，心扑通扑通地狂跳着。四下一片黑暗，我使劲地憋着呼吸。那时，我的肚里早已填满了黑暗。我暗想：好险啊，一定要死了。我清楚地记得那时我确实是这样想的。铁轨陡然地斜着，好像陷入了黑暗无底的深渊。电线杆魔鬼似的伸向天空，发出沉闷的声音，仿佛有人在地底下嘟语，它上面的白色瓷帽惊恐地缩成一团，静听着这些可怕的声音。一切都叫人毛骨悚然，一切都像是奇迹，一切都变得如梦如幻，飘忽不定。我挨近父亲，轻声说：

"爸爸，为什么黑暗中，一切都这样可怕呀？"

"不，孩子，没什么可怕的。"他说着，拉住我的手。

"是的，爸爸，真可怕。"

"不，孩子，不要这样想，我们知道上帝就在世上。"

我突然感到我是多么孤独，仿佛是个弃儿。奇怪呀，怎么就我害怕，父亲一点也没什么，而且，我们想的不一样。真怪，他也不说帮助我，好叫我不再担惊受怕，他只字不提上帝会庇护我。在我心里，上帝也是可怕的。呵，多么可怕！在这茫茫黑暗中，到处有他的影子。他在树下，在不停絮语的电话线杆里——对，肯定是他——他无处不在，所以我们才总看不到的。

我们默默地走着，各自想着心事。我的心紧缩成一团，好像黑暗闯了进去，并开始抱住了它。

我们刚走到铁轨转弯处，一阵沉闷的轰隆声猛地从我们的背后扑来，我们从沉思中惊醒，父亲蓦地将我拉到路基上，拉入深渊，他牢牢地拉着我。这时，火车轰鸣着奔来，这是一辆乌黑的火车，所有的车厢都暗着，它飞也似的从我们身旁掠过。这是什么火车？现在照理是没有火车的！我们惊惧地望着它，只见它那燃烧着的煤在车头里腾扬着火焰，火星在夜色里四处飞蹿，司机脸色惨白，站着一动不动，犹如一尊雕像，被火光清晰地映照着。父亲认不出他是谁，也不认识他。那人两眼直愣愣地盯视前方，似乎要径直向黑暗开去，深深扎入这无边的黑暗里。

恐惧和不安使我呼吸急促，我站着，望着眼前神奇的情景。火车被黑夜的巨喉吞掉了，父亲重新把我拉上铁轨，我们加快了回家的脚步。他说：

"奇怪，这是哪辆火车，那司机我怎么不认识？"说完，一路没再开口。

我的整个身子都在战栗，这话自然是对我说的，是为了我的缘故。我猜到这话的含义，料到了这欲来的恐惧，这陌生的一切和那些父亲茫然无知、更不能保护我的东西。世界和生活将如此在我的面前出现！它们与父亲那时安乐平安的世界截然不同。啊，这不是真正的世界，不是真正的生活，它们只是在无边的黑暗中冲撞、燃烧。

❖**作者简介：**

麦斯特勒思（1854～1923）

西班牙剧作家、诗人、散文家。他的代表作是《夜莺》。

夜　莺

一

当年青的夜莺们学会了"爱之歌"，他们就四散在杨柳枝间飞来飞去，大家都对着自己的爱人唱着——在认识之前就恋爱了的爱人。

大家都唱给自己的爱人听，除了一只夜莺，他抬起了头，凝望着天空，没有歌唱地过了一整夜。

"他还不曾懂得那'爱之歌'哩！"——其余的夜莺们互相说着——他们用了轻快的声音欢乐地杂乱地唱着讽刺的歌。

二

他其实知道那"爱之歌"的，然而，唉，这不幸的夜莺却在上面，在群星运行着青青的天空看见了一颗星，她眨着眼睛望着他。

她望着他，慢慢地、慢慢地向下沉着，在黎明之前不见了；这不幸的夜莺望着她，目不转睛地望着——当那颗星下去了之后，他仍是出神地、悲哀地等到夜间。

黑夜来了，这夜莺就歌唱着，用了低低的声音——极低的——向着那颗星；歌声一天一天地响了起来，到盛夏的时候，也已经用响响的声音歌唱着了，很响的——他整夜地唱着，并不望一望旁边。而天上呢，那颗星眨着眼，永远地望着他，似乎是很快乐地听着他。

等到这爱情的季节一过去，夜莺们都静下了，离开了杨柳树，今天这一只，明天别的一只。这不幸的夜莺却永远地停在最高的枝头，向着那颗星歌唱。

三

许多的夏季过去了，新爱情赶走了旧爱情，而那"爱之歌"却永远是新鲜的，每一只夜莺都向着自己的新爱人歌唱……但是这不幸的夜莺还是向那颗星唱着。

在夜里，并不注意的，在他的周围，已经有比他更年青的声音歌唱着了。在夜里，简直想不到他的兄弟们全都死掉了；这向天上望着的、向那颗星歌唱着的夜莺，从最高的枝头跌下来死了。

那时候，那些年青的夜莺们——每夜向着他们的新爱人唱着歌的那些，不再歌唱了，他们用杨柳叶掩盖了他，说他是一切夜莺中最伟大的诗人。可是他们却永不曾知道，他正是在杨柳树间的一切夜莺中受了最多的苦难的。

温馨与光明

❖**作者简介：**

恩塞特（1882～1949）

挪威女作家。其主要作品有《玛特·欧莉太太》、《珍妮》、《克里斯汀·拉夫朗的女儿》三部曲。1928年获诺贝尔文学奖。

挪威的欢乐时光

　　挪威人把二月开始的那个古怪季节叫做"早春"。那时太阳连日从纤无点云、一碧如洗的高空照射下来；每天清晨，整个大地结上一层闪闪耀眼的霜花。过不久，屋檐便滴滴答答化起水来。太阳舐去枝头的积雪，人们便可看见白桦树梢头上开始变成亮晶晶的褐色，白杨树的树皮上也出现了一片预兆春天的浅绿。

　　道旁篱边，积雪还堆得高高的，田野里雪块照在太阳底下像是堆堆白银，滑雪板压成的小辙错综交叉，格外清晰。成群的鸦鹊衔着细枝在天空飞翔，已经逐渐开始在修筑去年的旧巢了；他们的聒噪不时划破了冬日的宁静。

　　太阳一下山，气候便变得刺骨寒冷。白天的回光却还逗留着，像燃烧着的残焰，沿覆着黑丛林的山脊逶迤直达西南。一抹苍绿的光亮在地平线上迟迟不灭。早晨，屋檐上挂着长长的冰柱，接近中午，闪闪的水滴便落了下来。白昼也一天比一天更长更亮了。

　　对孩子们和年轻人说来，这是一年里欢天喜地的日子。

　　孩子们从学校回家来，匆匆咽下了饭食——他们要到山里去练习滑雪。他们不挨到第一批星星在天空中闪烁，是不会回家的。吃过晚饭，他们就在长长的山路上滑雪，先从山上沿着有无数急转弯的路溜滑行，然后一下子穿过市镇。在这些道路上滑行是件险事，因为路上车辆络绎不绝——有轿车、公共汽车和载重卡车——特别是这些山路都要横穿大街，大街又是直达山谷的唯一要道。母亲们除了提示警告外，简直无能为力："真得小心一些才是!"孩子们哩，却直截了当地说用不着对他们提这个! 没有人为了玩溜坡连命都不要的。

这批孩子究竟在什么时候和怎样温习功课和做习题简直难以想象，看来他们多少总还是做的，因为他们在学校里所得的分数，并不见得比上学期来得差。也许在滑雪的季节里，老师们特别宽大一些。冬季里，每个学校都有一次滑雪比赛，孩子们可以跟着他们的体育老师到森林里去作滑雪旅行，就算是上体育课。而且早上进学校之前把功课"掠过"一遍也是来得及的，因为用滑雪板或是瑞典式的"推踢雪橇"只花五分钟功夫就可以到达学校。

"推踢雪橇"是瑞典的发明，没几年就在挪威大为风行。如果妈妈有事出门，安特斯说要把妈"推踢"到镇上去，这句话听来很不礼貌；再说蒂雅每天早晨在太阳下"推踢"杜拉好长一段路，听来也很奇怪。蒂雅没法逼着杜拉带上太阳眼镜，因为杜拉一有机会便把这副眼镜扔在路边积雪里。

常常会发生一些意外事故。滑雪道和路面逐渐磨成坚实的冰块，如今摔一跤可真受不了。全乡好多人家都有孩子躺在床上，他们不是摔了跤用热水捂在膝盖上，便是头部受了轻微的震荡。奇怪的是倒不太有人跌得过分厉害。在那些为各个滑雪俱乐部占用的山头上，那里才是真正进行训练的地方，当然，他们会把新鲜的雪运来垫上，也不会让跳台下面的雪地变得结实发硬，但是森林里的坡道却很可怕，许多这样的坡道是用来高速滑行的。幸而每当这些坡道几乎不能再滑行时，往往就会连下几天大雪使情况得到改善——所有的滑雪道又柔软得像天鹅绒般的了。

对成年人来说，这也是个愉快的时光。太阳一天天晒得厉害起来，窗台上的盆栽也有它们自己的春天。挪威人在漫长的冬日里，用出色的窗台盆栽来安慰自己。屋子里充满刚出芽的洋水仙和郁金香的清香。那些用不着开灯就可以吃晚饭的日子总教人兴高采烈，即使第二天碰上吃鱼，不得不开灯，大家还是快活的。

三月总是比二月冷得多，时常有阴暗多雾的天气，偶尔还有咆哮的大风雪，一下就是三四天。但是"三月不算太坏，把道路扫清一半"，这虽是句老话，却说得合乎情理。三月没有过完，道路靠南的一边，一条黑土带准定会显露出来。

每天，汉斯至少要晚一个钟点才回家吃晚餐，从头到脚都浸得湿淋淋的，还带一些马粪的味儿。他和同伴们永远经不住在车辙里挖运河的引诱，每到了中午，处处在车辙里都浸满了积水。他们在这些车辙里造水坝，随后就踩进去试试深浅！

"眼前你可不许再到荷尔姆水塘去，汉斯，"妈严厉地说。汉斯站住了，他正拿起乐器盒子预备去上音乐课。"你听见了吗？""噢，听见了，我再也不去那儿了，"汉斯哀愁地抬头盯着妈。"自从上次看见那个可怜的女孩子在那儿滑冰之后，我就再也不去了。她扑通一声掉进了水里，可怜的家伙……"汉斯深深叹了口气，这口气好像是从他的灵魂深处发出来似的。

"什么？她怎么啦？""噢，我想她现在还沉在塘底里，"汉斯用冷冷的声音说，"她再也爬不上来了。噢，她大喊大叫，妈，我活着一天就忘不了。上次我到恩格尔太太家去，就是那一回看见的。"

"可是，什么，你居然没有想办法去——"妈又说下去，简直吓坏了。然后她又比较平静地继续说："为什么你不去救她？到底是怎么一回事啊？荷尔姆水塘任何地方都还没有你腰深。汉斯，汉斯，你真不该到处乱窜，讲这种故事！这是扯谎，汉斯！"

"是吗？"汉斯问，觉得奇怪，"我以为只有你问我做了什么淘气事，我胡扯一通才算说谎呢。"

"是啊，当然——那是最坏的谎话。可是你到处去讲那些你瞎编排的故事，让人信以为真，这也还是说谎吗？"

"我绝对没有说过，汉斯。除了真有其事，我是不乱说的。"

"你们还是小姑娘的时候，真的坐了轮船到丹麦去，还进过哥本哈根本的戏院吗？"汉斯又问，深深感到怀疑。

"当然是真的。你知道你外婆的父亲那时住在那儿，我们在假期里去探望他。外祖母的哥哥在哥本哈根，是他带我们到皇家戏院去的。"

"我从来没有坐过轮船。"汉斯看来有些不高兴地说，"我也只到过一次戏院——那次我们看到《勒格诺王和阿斯》。安特斯说这出戏实在没有意思。"

"要是复活节我们到奥斯陆去，如果那里演的戏对孩子们合适，你可以去看戏。"

"放心好了，绝不会有的。"汉斯说，活像一个不存一丝幻想的人，"但是，妈，你写小说的时候，你不就在书里编排一些故事吗？那么，你就是在说谎，不是吗？"

"至少我们是靠这些书维持生活的，"妈敷衍着，接着不得不笑了起来，"大家都知道书里的话并不是真的，不过是说事情该是那样的就是了。"

"那么我想我也可以学着写些好书，"汉斯轻轻地说，"因为我可以想出许多故事来，我能吗，妈？"

"日后再看吧。现在快走——已经是五点零五分了。你不许到荷尔姆水塘那里去，不许去淌水，听见了吗？"

"但是，妈，刚才你自己还说那儿水不深，不会淹死人。"汉斯笑了，在妈还没有机会说什么之前，便冲出门外溜走了。

四月，山谷里积雪当真融化了。菜园背面山坡上枯萎的草坪露了出来，那一小块光秃秃的土地一天比一天大。花园里去年圣诞节使用过的滑雪跳台，现在只剩下两堆脏雪。这里，那里，任何一处雪化了的地方，妈会找到手套、帽子和围巾——每次她到花园去散

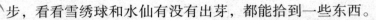

步，看看雪绣球和水仙有没有出芽，都能拾到一些东西。

安特斯和她去散步，他喜欢花，也喜欢他家的花园；只要不差他干这干那。所以把小沟旁第一朵蓓蕾初放的鲜艳的款冬花和小溪对岸赤杨林边第一批白头翁花带回来给妈的，总是安特斯。

山谷里遍响着流水的淙淙。溪沟里春水泛滥。夜里天气还是冰凉的——流过花园的那条小溪拂晓时就抑低了它的声音。溪边的薄冰刚结上，为流水冲碎，发出银铃似的声响。早上，放出去的狗立刻冲向小溪去喝那股带泥的流水，在湿漉漉的枯草上打滚，奔向花园尽头的那株大白桦树，向那些住在枝头的喜鹊一喝——喜鹊也毫不示弱地还嘴叫着。但是在深山里，还留着一条完整的滑雪道，到复活节，就有一批新来的游客涌向山上的旅舍。每星期天早上，安特斯一大清早便不见影儿——他上了山，在那些留有残雪的滑雪道上滑行。

有天早上三点钟，果园里的苹果树间充满了红翼画眉婉转而嘹亮的歌声。天空泛出淡淡金色的曙光，亮得有如白昼。红翼画眉不过是路过这儿——一旦能在森林里觅得食物，他们便飞走了。在屋子附近过冬的山雀，靠圣诞节留下来的干草束过着悠闲的生活，现在也一对对飞出去闲游，啼——啼——嘟，啼——啼——嘟地叫着，在鸟屋里穿进穿出，寻找它们做窝的地方。有天，花园里化了雪的地方飞来了几百只鸟，是到这儿来等候他们的配偶的——这一类的雌鸟总要比雄的晚一星期从南方飞来。妈和蒂雅把干谷散给他们吃，还把猫关在屋里。但是要在春天把猫关在屋里，真是说来容易做来难。

农民都说栗色猫善于捕鼠不会捉鸟。对雪雪福说来真是再对不过的了。但是雪雪福装得仿佛世上再没有比猎鸟更引不起他的兴趣的事了。有一天他突然失踪，不再回来。孩子们认为他是出去求爱的。最后消息传来，说是伦特农场的雇工开枪打死了雪雪福。他看见这只猫正在谷仓后面大嚼伦特太太养的几只小鸡。那么，看来雪雪福倒是个伟大的猎人。只是他机灵得永远不在家边猎食，却到别处去作掠夺的远征。

"至少，他死得真像一只雄猫。"安特斯说。

但是汉斯却为雪雪福掉了眼泪，妈也觉得不安，生怕杜拉会因失掉心爱的猫伤心。

每天，在这个小镇里，越来越清晰地听得见激流的怒吼。沿河一带笼罩着一条白绸似的烟雾，绕到大街的桥下，这阵烟雾便像细雨似的洒在行人的身上。

有天星期日中午，安特斯从山间滑雪回来，帽子里兜着蓝色的白头翁花和紫罗兰。

"那里，这些花多得数不过来，妈……为了滑雪，我们天天都在堆雪，但是看起来，今天很可能是今年最后一次滑雪了。"他叹息着。接着又兴奋地说，"妈，从今天起再过一个月就是五月十七的节日了。"

"你现在还不去做功课吗？"妈看他一吃完饭就预备出去，便提醒他。

"没有功夫。我还得跑着去。今天委员会要开会。"

"委员会开会？"

"文娱委员会，当然——就是我参加的委员会。功课，晚上我会找时间做的。"

猪尾巴可能打圈圈，这就是说猪大了；孩子可以在委员会里服务，这就是说孩子大了。据说汉斯和他的朋友们——奥尔·恩列克和马格尼也在这个委员会里，虽然看来他们除了自己并不代表任何人，主要的工作是计算他们的储金——这笔钱已经一星期比一星期少了，可是他们有个大计划，准备在十七那天大大改善一下财政情况。"你知道，到五月十七你可以有半个克朗的零用钱，汉斯，"妈提醒地说，"这笔钱足够你到马伊伦去玩一次。"

"奥尔·恩列克可以拿到一个克朗……是他奶奶给的，"汉斯低声下气地说，一脸的痛苦。

"奥尔·恩列克真好运。"

"你想十七那天，奶奶会来吗？"

"我一点儿消息也没有。"

汉斯对奶奶不来过节显得伤心透了。

最后，有天晚上雨来了，一连下了三天，静悄悄地一直下个不停。"妈，"汉斯洋洋得意地说，"我想这真像大家说的一样，现在我能够听见了——听见草在生长。"

啊，这轻柔美妙的雨声！春雨带来了泥土的气息；大地冒出了一大片嫩绿的叶子……

"是啊，真格的。如今我们能够听见草在生长了。"

到第四天，太阳出来了。傍晚前，白桦树上全布满了像鼠耳样茸茸的金色蓓蕾。再隔一天早上，这些蓓蕾便变成小小的叶子，那些树耸立在那儿——一片新绿。汉斯跟妈出去摘了些白桦的嫩叶和银色的白头翁花，来装饰星期天的餐桌。

"妈，把去年你讲给我听的故事再说一遍吧，就是那个把裤子改成大衣的故事。"

"天啊，难道我讲过这个故事吗？那是在西格尼姑姑小时念的一本书里的。"

这个故事是一位父亲讲给他两个女儿克尔丝汀和爱尔茜听的，解释五月十七这一天的意义，为了举例说明，他向爱尔茜提到她那件用旧裤子改缝的大衣。爱尔茜一点也不喜欢这件大衣，穿来总不合身；虽然妈妈已经在那块原来另作别用的材料上花尽了心力。街上的孩子一看她穿，便嚷着"裤子改的大衣，裤子改的大衣"。到那一天爱尔茜有了一件专门给她新缝的春大衣，那真是她一生最快乐的日子了。

跟丹麦合并，对挪威说正如穿了件裤子改的大衣。几百年来这两个国家就合并在一起，人们简直已经记不清最初怎么会发生这件事情了。玛格丽达皇后是挪威皇族最后一代奥拉夫·哈贡森的母亲，又是丹麦皇帝的女儿。等她父亲去世，玛格丽达让她儿子当选为丹麦国王。同时，奥拉夫又承继了他父亲的挪威皇位。但是奥拉夫死得很早，因此玛格丽达皇后给丹麦和挪威人选了她甥女的儿子，一位德国小王子来当挪威皇帝和丹麦皇帝。这之后，又来了其他的德国王子，他们只是些丹麦公主嫁给德国人所生的子子孙孙，和斯堪的纳维亚简直毫无渊源。这些外国皇帝，采取了一定的策略，把挪威和丹麦合并成一个王国。不久，挪威便变成这个联合王国的继子了。挪威的土地比丹麦贫瘠，又辽阔又难统治——挪威人是以倔强固执出名的——那些官吏和教士被派到挪威去好像是遭了放逐一样。终于，那位统治"孪生王国"的末代皇帝和瑞典一战败北之后，被迫把挪威割让给瑞典。

但是挪威人不愿割让给任何人。他们记起自古以来的权利，挪威不是丹麦的一部分，而是一个独立的王国。丹麦人选择了奥拉夫做他们的皇上：也就是他们自己和挪威合并的。他们知道挪威国内的每一个人一向都比丹麦和瑞典人民有更多的自由。在丹麦和瑞典，农民是有权势的地主和贵族的属民，而挪威农民却从来没有做过农奴。即使他们是土地承租人和佃农，他们只需给土地所有人纳租，用不着给他们当差。土地所有人也不能命令他们当兵。挪威的军队是人民的军队，在丹麦挪威联合舰队里，挪威人总是最优秀的水兵。挪威人不需要穿瑞典裤子改缝的大衣。他们知道这件大衣永远不会合他们的身材。

从挪威各地来的代表聚集在爱兹伏特讨论如何拯救挪威的独立。当瑞典和欧洲列强的军队用封锁和威胁来迫使挪威就范的时候，挪威的父老们却坐在爱兹伏特起草了一个宣言，申述我们对权利和正义、尊严和荣誉的意见。一八一四年五月十七日，挪威宪法产生了，在爱兹伏特的人立誓要保卫在符合我们要求而"缝制"的法律下生活的权利。这就是我们新制的春大衣……

❖作者简介：

伊瓦什凯维奇（1894~1980）

波兰作家。其主要作品有剧本《诺昂之夏》、《假面舞会》和长篇小说《名望与光荣》等。

草　莓

　　时值九月，但夏意正浓。天气反常地暖和，树上也见不到一片黄叶。葱茏茂密的枝杈之间，也许个别地方略见疏落，也许这儿或那儿有一片叶子颜色稍淡；但它并不起眼，不去仔细寻找便难以发现。天空像蓝宝石一样晶莹璀璨，挺拔的懈树生机盎然，充满了对未来的信念。农村到处是欢歌笑语。秋收已顺利结束，挖土豆的季节正碰上艳阳天。地里新翻的玫瑰红土块，有如一堆堆深色的珠子，又如野果一般的娇艳。我们许多人一起去散步，兴味酣然。自从我们五月来到乡下，一切基本上都没有变，依然是那碧绿的树，湛蓝的天，欢快的心田。

　　我们漫步田野。在林间草地上我意外地发现了一颗晚熟的硕大草莓。我把它含在嘴里，它是那样的香，那样的甜，真是一种稀世的佳品！它那沁人心脾的气味，在我的嘴角唇边久久地不曾消逝；这香甜把我的思绪引向了六月，那是草莓最盛的时光。

　　此刻我才察觉到早已不是六月。每一月，每一周，甚至每一天都有它自己独特的色调。我以为一切都没有变，其实只不过是一种幻觉！草莓的香味形象地使我想起，几个月前跟眼下是多么不一般。那时，树木是另一种模样，我们的欢笑是另一番滋味，太阳和天空也不同于今天。就连空气也不一样，因为那时送来的是六月芬芳。而今已是九月。这一点无论如何也不能隐瞒。树木是绿的，但只需吹一阵寒风，顷刻之间就会枯黄；天空是蔚蓝的，但不久就会变得灰惨惨；鸟儿尚没有飞走，只不过是由于天气异常的温暖。空气中已弥漫着一股秋的气息，这是翻耕了的土地、马铃薯和向日葵散发出的芳香，还有一会儿，还有一天，也许两天……

我们常以为自己还是妙龄十八的青年，还像那时一样戴着桃色眼镜观察世界，还有着同那时一样的爱好，一样的思想，一样的情感。一切都没有发生任何的突变。简而言之，一切都如花似锦，韶华灿烂。大凡已成为我们的禀赋的东西都经得起各种变化和时间的考验。

但是，只需重读一下青年时代的书信，我们就会相信，这种想法是何其荒诞。从信的字里行间飘散出青春时代呼吸的空气，与今天我们呼吸的已大不一般。直到刀口时我们才察觉我们度过的每一天时光，都赋予我们不同的色彩和形态。每日朝霞变幻，越来越深刻地改变着我们的心性和容颜；似水流年，彻底再造了我们的思想和情感。有所剥夺，也有所增添。当然，今天我们还很年轻——但只不过是"还很年轻"！还有许多的事情在前面等着我们去办。激动不安、若明若暗的青春岁月之后，到来的是成年期成熟的思绪，是从容不迫的有节奏的生活，是日益丰富的经验，是一座内心的信仰和理性的大厦的落成。

然而，六月的气息已经一去不返了。它虽然曾经使我们惴惴不安，却浸透了一种不可取代的香味——真正的六月草莓的那种妙龄十八的馨香。

世
界
散
文
精
品
集
丛
书

❖**作者简介：**

赛弗尔特（1901～
1986）

捷克诗人。其主要作品有《泪城》、《世界美如
斯》。1984年获得诺贝尔文学奖。

穿着拖鞋出走

　　一八七二年七月七日，星期天，保尔·魏尔伦上街去给患病的
妻子玛蒂尔达买药，药店就在附近。在短短的路程中，他不幸遇上
了韩波。韩波没费多少口舌就说服了魏尔伦弃家出走，同他一起去
比利时旅行。魏尔伦于是未去药店，却和韩波径直到了火车站。玛
蒂尔达徒然满巴黎找了他三天，走遍朋友家，甚至停尸间都去找过
了。后来才知道丈夫同《醉舟》的作者一起到邻国比利时去了。

　　上街买药——我这里要记述的一件往事使我不由得想起了诗人
魏尔伦。看来，有些作家的妻子假如病了，是不宜打发丈夫出去买
药的。

　　不过，我得从另一处讲起。

　　第一次世界大战后期，我们住在日什科夫区胡斯大街一栋简陋
楼房的一套简陋住所里。这栋破旧房屋地处转弯角上，我们那套住
所有个莫大的也是唯一的可取之处：阳台和厨房的窗户都对着维特
科夫山开阔的山坡。山坡上，从铁路边缘起，长着成片成片的金链
花，春天开出浓密艳丽的黄色花朵，虽然不香，但波浪似的满山都
是，景色绝美。弗拉尼亚·什拉麦克曾写过一首优美的咏金链花的
诗，金链花谢了以后，铁路两侧洋槐花的甜香便涌进了我家的窗户。

整栋房屋、阳台和晦暗的小院子都弥漫着这股甜香。一堵高墙把小院子同铁路的路基隔开。高墙已断裂，墙边建了一些堆煤的木棚屋。春天的芳香在这里很需要。院子又小又阴暗。战争期间，房客们在这儿养了一群母鸡，它们徒劳无益地用小爪子刨着石头地面，啄食墙上的灰泥。在这里，大白天也不时有耗子跑出来同母鸡分食房客们从阳台上扔下的残羹剩菜。到了傍晚天快黑的时候，母鸡便一只只奔到院门旁边，耐心地等待着谁走来给它们开门，然后一窝蜂拥向楼梯，惹人发笑地一级一级蹦上楼去，准确无误地找到各自的楼层和家门。即使快要下蛋了，母鸡也一级一级地蹦，然后慌慌张张钻进家里，接着整座房子便回响着它那欢乐的母性的歌声，歌唱它创造了奇迹：一个小小的、但在战时却非常珍贵的宝贝儿。

若问母鸡养在哪儿？或者在厨房里，或者绝大多数都在那间狭小、幽暗的食品储藏室里。这里的一扇窗户对着臭烘烘的天窗，无法储存食物。不过，战争期间谈得上什么食物啊！

我家一间小屋的窗子朝着嘈杂的街道，正同金天使饭馆隔街相望。饭馆的镀金浮雕挂在它的门额上。那座房子里住着弗朗基谢克·绍埃尔，日什科夫区大名鼎鼎的人物，一个和善的人，晚年还写过一本书，记叙他不平凡的一生。

战争结束了。雅罗斯拉夫·哈谢克回国后不久，就同他从俄国带回来的第二个妻子搬进了绍埃尔家。有个从来都喜欢故弄玄虚的人说她是公爵夫人。但她看上去不像。我们两家的窗户遥遥相对，我们能看到他们家左面的后屋和舒拉太太——日什科夫的街坊们都这样称呼她，总见她蛮有兴致地瞧着熙熙攘攘的街道上捷克人的生活。

隔了一座房子住着我的同学和朋友伊万·苏克。我只要站在阳台上吹一声口哨，苏克就会出现在他家的阳台上。我们两个常常一块儿玩台球。苏克住的那座楼里有一家小饭馆。不知为什么，大伙儿管它叫"顽石饭店"。那里的一位房客是个玩台球的行家，待人和

温馨与光明

蔼，他教会了我们玩台球的门道。

雅罗斯拉夫·哈谢克有时也上这家饭馆里来。他呆不长久，这里离他的妻子太近了。妻子总是徒劳无益地想把哈谢克留在家里。一次，有人问哈谢克为什么不上金天使饭馆，他不以为然地说那里要爬楼。实际上，金天使饭馆只有三级台阶。

一个夏天的晚上，哈谢克衣冠不整地走进了饭馆。他只穿了件衬衫，趿着拖鞋，裤子用手提着。他坦率地告诉大家，说妻子舒拉把他的皮鞋、背带和外套全都锁起来了。他这是上药房去买药，妻子患病，医生开了药方。他随身带了个酒瓶，说是就便捎瓶酒回去。没等店主人把酒瓶灌满，也没等站着把一杯啤酒喝尽，他就同我们玩起台球来了。他玩得非常糟糕。喝完第三杯啤酒之后，他下了决心，说非去买药不可了，舒拉在等着哩，酒瓶嘛先放在这儿，等他买药回来时取走。他没有回来。

两天后，有人果断地在敲我们家的大门。门外站着面有愠色的舒拉，她气冲冲地问道：

"哈谢克在哪儿？"

后来她对着我的母亲哭了一会儿，抹抹眼泪走了。

不，哈谢克并没有遇上什么韩波，也没有跑到国外去。一个星期之后他回家了。带回一瓶啤酒，可是没有药。反正药也不需要了。他的妻子已经恢复了健康。甚至健康得过头啰！他大笑着补了一句。

在这段时间里，哈谢克趿着拖鞋、没穿外套，在夏天的布拉格久久地游荡，当然去了所有可能去的饭馆，在朋友和伙伴们中间——他们丝毫没看重他的创作——写了满满一练习本的《好兵帅克》。他伏在桌子一角写稿，写完几页就由伙伴中的某一个送去给出版商西内克。出版商按交稿数量，付给他相应的稿酬。当然一个克朗也不会多给。哈谢克以此打发一天或一个晚上，第二天他若不愿意对着空杯枯坐，就得提笔再写。

这样的创作条件不禁令人产生疑问，假如哈谢克有个清静的环境，坐在书桌前舒舒服服地写作，他的这部作品可能会是什么样呢？然而，这是永远无法解答的、致命的"假如"。有可能假如哈谢克不是在泼洒着啤酒的桌面上、在酒肆饭馆的喧闹声中，在一群贪杯的朋友之间为了挣几十个克朗买啤酒而从事写作的话，这部作品也许不会问世，哈谢克就不会是誉满欧洲的哈谢克了。

大家知道，哈谢克不久之后就去世了。舒拉太太也去世了。哈谢克的忠心耿耿的朋友、很有耐性的弗朗基谢克·绍埃尔也去世了。唯有帅克，这个胖乎乎、性格外向、绝对不懂得粉饰现实的循环性精神病患者——正如封·德拉切克教授给帅克作的诊断中所说的——活在人间，快活地不仅朝着普津姆前进，而且几乎远行全世界，走向他从来没有打算要去的地方。

温馨与光明

❖**作者简介：**

图多朗（1910～　）

罗马尼亚作家。其主要作品有《火焰》、《扬帆》、《第82个》、《地球的第三个极》、《玛丽娅与海》和《在我们自己的北方》等。

睡美人——美国游记（节选）

我继续赶路，头脑里充斥着由于到达旧金山时的倒霉遭遇而涌上心头的阴暗回忆。这里，令人毛骨悚然的荒凉和寂静使我想起了美国另一个大城市。也是晚上大约九点刚过，城里，即使在市中心，也不再有任何生活的气息；除了偶尔有一个迟归的行人贴着墙根走过之外，连狗也看不见一条。那个城市名叫克利夫兰。当时，我正沿着欧几里德大街匆匆赶回旅馆。这条大街全长三十多公里，其中心地段曾经是市民的骄傲，但是现在由于恐怖而正在衰败，面目日益可憎，居民日益减少。我应安德里卡先生的邀请，在附近一家装饰得俗不可耐的饭馆里吃晚饭。饭馆坐落在一幢水泥和玻璃建筑的最高层。如果不是从窗口可以眺望伊利湖，在这里吃饭真叫人腻味。湖岸上有一个小型机场，闪烁着彩色的灯光。私人飞机在那里不断起飞和降落，构成一幅迷人的持续画面；驾机夜航，无论从构思或者实际场面来说都是很美的，而我始终觉得这是涂上了当代色彩的一个神话。"实业家！"安德里卡先生提醒我说，剪断了我的想象的翅膀。

我并没有因此而生他的气，对于这顿讨厌的晚饭也毫不介意，因为他对我讲述了美国生活各个方面的许多趣事逸闻，这充实了我的头脑。否则，我是无从了解到的。这些材料在很大程度上有助于我去发现我所希望发现的美国，无论如何不至于走向极端。

要回旅馆，必须穿过一个纪念广场。广场上铺的是花岗岩还是大理石板，我已经记不清了，总之很有炫耀豪华之意，既有拼花图案，又有人工喷泉。但是，没有人，这个被称为克利夫兰名胜之一的广场，就不啻为一片旷野，徒有其名的废墟而已，到头来只能用以堆放垃圾和生长野草。我试着加快脚步，伸手搀扶不久前双眼做了剥除白内障手术的安德里卡先生。我们那急促而不灵活的脚步声像是在乱石堆的荒野里回响，我们投向四周的影子仿佛是第一批登月者的幻影。

我同样想起了在芝加哥度过的那个夜晚。本来，我早已忘记了芝加哥的坏名声，不再把它看作暴力城市。这当然不是指匿名电话和不速之客敲门之类的事情。有一位获得过诺贝尔奖金的美国作家，曾经专门搬到这个城市住了一阵，用他的话来说，是为了体验一下危险的生活。他毫不含糊地证实，芝加哥作为暴力城市名副其实。他还公开地说，即使是到附近报亭去买一张报纸，也必须有保镖陪伴。我觉得他太过分了，大可不必这样渲染恐怖，但也许他对情况了解得更为透彻。

那是美丽的一天，阳光明媚，但我忘不了前一天从克利夫兰坐旅行车来此时沿途的滂沱大雨。那滚滚的乌云像是要把天空撕裂似的。我心里不由得暗自说，被雨水淹没的公路也许会断裂。我的脸色和心灵一片阴暗，默默诅咒着大自然，对于美国也表示愤愤不平。因为，这样的大雨在其他地方似乎是不可能遇到的，是美国规模的大雨。当时，我唯一的希望是这条路不要有尽头。然而，芝加哥就在前面几百公里处，我们正在不可挽回地接近它。车的速度虽然不快，但很稳定——每小时五十五英里。于是，我又咬紧了牙，紧握拳头，凭借自己的全部想象力祈求命运之神把雨搬到其他地方。当我们进入芝加哥时，天气出奇的好，远远超过我向命运之神的祈求。

天空晴朗，高远得有点不自然，现在想来，在美国之外恐怕是看不到的，因为这里有着其他地方所没有的星象组合。但是，这并不等于说，我就此忘记了自己是在何等压抑的心情下到达这里的；尽管我不是那种总是同自己过不去、对往事耿耿于怀的人，但心里唯恐大雨会随时重新袭来，正如停止得那样突然和出人意料。毋庸讳言，我的心里留下了一个阴影。

　　第二天，天气依然晴朗。我走遍了全城，脚上穿的是那双被雨水泡坏了的皮鞋，但觉得格外轻松，如果像神话里的老幼皆知的天使那样插上翅膀，也许会飞起来。我心里暗自说，只要在作为这个城市骄傲的密执安湖滨大街走上一巡，就会心满意足。在到达芝加哥的当天，我就匆匆看过这条大街。可惜是晚上来的，没有时间散步；急着寻找一家航空公司的办事处预订机票；从这里开始，到美国西部，都是远距离的旅行，只能乘坐飞机。我被这条大街的美丽景色所触动，第二天在环游了全城之后，又回到了这里，想无忧无虑和不慌不忙地细看一番；我这样沿街走了很远，发觉天色暗了下来，原本活跃、安详、充满笑声和欢乐——那是一个星期日——的人们开始离去。但我还是被豪华公园的美丽景色迷住了。这些公园占地很广，即使全城居民和所有的旅游者都倾泻到这里，恐怕也不会显得拥挤。公园里的一切都建造得不惜工本，象征着美国的无与伦比的财富。我没有注意到时间已经晚了。待到我往回走时，早已行人稀落，只有个别迟归者，行色匆忙，也很快消失了。街上只剩下我一个人和一群汽车。汽车在大街和湖岸之间的公路上排成三列或者四列狂奔着，是欢度周末后赶回来的，曾经给野外带去过狂热的生活。它们仿佛事先约定在某一时刻相会，结伴而行似的，汇成了一股机械的巨流。一刻钟后，只能偶尔听见个别迟到车辆的轰鸣，仿佛在更加疯狂地奔驰。

　　我仍然没有感到不安，并没有把熟人的忠告放在心上，不相信在如此美丽的世界里会发生丑恶的事情。走近横跨芝加哥河的大桥，看见左侧有一条街，灯火辉煌，人声鼎沸。我毫不迟疑地跑过去，想在人群中再流连片刻，至少见识一下夜生活的最初时刻，不必在七点半就把自己关在房间里，尽管在克利夫兰九点钟回旅馆途中所经历的恐怖场面使我仍然心有余悸，心里明白七点半这个时刻在美国街头意味着已经很晚，而不是天色尚早。

这是一条娱乐街，有电影院、酒吧间，摆在人行道上的杂货摊，以及星期日开门的乐器商店，里面的半导体收音机和收录机大叫大嚷着，如同街上的人群一样。我信步走着，同人流汇合在一起，心里因为有这么一个稍微能多接触一点芝加哥风貌的机会而颇感自得，正如我初到纽约那天晚上一样。不过，现在不敢那么天真了。

没有任何人阻止我，没有任何人推搡我，没有任何人攻击我。直到又走了五十来米，我才发觉一些可疑的人物和敌视的眼光在盯着我。我立即从第一条横街向右拐，奔向已经不远的旅馆，两眼不敢旁顾左右，而只是竖起耳朵听着背后的动静。这样，我又回到了现实，回想着白天所见到的一切，准备在适当的地方加以叙述：那使我流连忘返的游艇码头，还有近在咫尺的著名的密执安大街。我继续思索着，回顾多少天来所见到的那些美好的东西，不由得悲伤地对自己说，如果在晚上七点人们就必须把自己关在家里，而警察只敢双双结伴巡逻，并且不下警车一步，那么这些美丽景色和财富有什么用处？有时，晚上再晚一点，还会接到神秘的电话，甚至有不速之客敲门。

现在应该谈一谈旧金山了。恰恰是在旧金山，在促使我作了这些阴暗回想的旧金山，我见到一个终生难忘的场面，在我的心里播下了恐惧，觉得自己并非处在受保护的地位。两个骑摩托车的"地狱使者"（Hell's angels）从我面前经过。幸好，我在街角上，没有挡他们的路。他们以风驰电掣般的速度冲上了鲍威尔大街，用加速到极限的摩托的吼叫声恐吓行人。人们很熟悉他们，避之唯恐不及；谁不逃到一边，难免遭到不测。我没有看清楚他们，但已领教过他们的威风：一天前，当我坐彼得先生的汽车从离婚城里诺回来时，遇见过这些"地狱使者"。彼得先生是我朋友的一个熟人，还没有见面，只从电话里听见我的话音，便邀请我同他和他的夫人——一位沉默、善良、温顺的菲律宾妇女———起度周末。这种邀请是符合美国精神的，所以我接受了。在那个周末，我也少许领略了一个美国人的生活方式。

在度过了愉快的两天之后，当我们驾车从高速公路回来的时候，看见"地狱使者"从对面的车道上驶来；所幸的是，我们没有挡他们的路，上下单行线之间的草坪把双方分隔开了。最前面的是五个人，占据了整个路面，骑的是他们所特有的那种奇形怪状的摩托车。这种车的前轮特别向前突出，前叉后倾，而且非常长，车把高高翘起，与骑驾者的肩膀相齐；这些人相貌吓人，留着大胡子，披头散发，穿着象征地狱的颜色——黑色的罩衣。我们的车在高速公路的第二股道上行驶，当时的车辆不多。"地狱使者"们驶得很慢，仿佛是巡逻队，凑巧没有车辆从他们后面赶上来，因此我没有看见有人想超车时将出现的情景。但是，彼得告诉我，只要有人胆敢按一下车喇叭，汽车的前窗玻璃就会被一串机枪子弹打穿。这是可信的，因为不但其他人都这么说，而且这些家伙的气焰和凶神恶煞般的外貌也是一个很好的证明。直到不久之前，警方才开始采取行动，并希望能使之绝迹，但不无法律上的麻烦，因为这些人是合法地组织起来的，属于一个体育俱乐部。欲同美国的法律作斗争，实非易事。

我无意把彼得所谈到的关于冲突和暴力的全部材料在这里——介绍。我们至少通过电影画报——同电影较接近，图片多于文字——也知道一些。譬如说，好莱坞的某电影女演员在贵族式的别墅区贝弗莉山庄被谋杀之类的新闻，会通过数以吨计的彩色油墨——首先是红色油墨——出现在著名的《巴黎竞赛画报》及其他类似杂志的画页里，为许多人所看到。不同利益和不同道德观的冲突几乎是电视系列片独一无二的主题。政治冲突、事业冲突、家庭冲突等等，我不知道争论最激烈的是哪一种冲突，也许都不相上下吧。在所有这类影片中，都不免要表现凶杀，一个象征恶的天才在银幕上耀武扬威，大有压倒一切之势，看来眼下想要赢得胜利实在不太有机会。

我早就想写一本侦探小说，一本富有性感但不致使我丢脸的书；可惜没有这种本领，只好让别人来写。然而，如果我从头到尾讲一讲在高速公路上与"地狱使者"相遇后获悉的一个故事，那么这样一本书应该说已经写好。一伙强盗——这个词已过时，但我想不出其他词汇——绑架了一个姑娘，一个有地位、有影响的富翁的女儿。不言而喻，富翁必须出钱赎回女儿。但是，这个姑娘却觉得在匪伙里生活得很自在，也许是有人搞昏了她的头脑。她不愿回家，成了他们专干非法勾当的同伙。后来，她落到了警察手里，进了监狱，直到她的父亲用金钱和权力证明她无罪——说是不应该只看表面现象，这个姑娘其实只是受害者。即使到此为止，故事已经具有相当典型的美国色彩，但它的结尾更近乎不可思议：姑娘一得到自由，立即同看守她的警官结了婚。不可能还有比这更喜剧式的结尾了！

前一天晚上，我们从里诺回来，路上经过一个名叫奥布伦的地方，在汽车旅馆里过夜。奥布伦这个地名使我想起了早年的一种汽车牌子。我同彼得和他的菲律宾血统的妻子奥罗拉聊到很晚。他们的房间同我的房间不在一幢房子里，中间隔着一个大约五十米的院子。当我离开他们房间的时候，外面下了薄雾，旅馆的院子虽然有灯照亮着，但仿佛到处都潜伏着威胁。主人给了我一瓶刚刚打开的葡萄酒，以便手里有一件象征性的自卫武器。我并未在院子里受到任何人的攻击，那瓶葡萄酒当然被我在房间里静静地受用了；后来，插上门闩，我又在门上顶了两把椅子。这时，我不由得暗暗问自己，如果我不得已而用酒瓶自卫，我能有几分生机呢？尽管在许多场合有人忠告过我，但一旦面临可能出现的危险，我就把他们的话忘得一干二净了。他们告诉我说，如果受到攻击，切不可试图自卫，不要做任何可能被理解为反击的动作；顺从地让对方拿去一切，可能有死里逃生的希望。这是一种怯弱的表现，正如天一黑必须立即回家或者在光天化日下必须绕过某些街区一样。

妨碍我感受美国的美丽景色——即使我确实无疑地看到了它——这种恐怖和令人窒息的气氛，我想已经说得相当多了。我不能安静地获得精神上的享受，因此心里积聚着一种越来越强烈的愤懑，转而变成厌恶。

我承认并且毫不隐讳地说，有些阴暗的印象也许是由于误解造成的。譬如，在我环游全美，看到了相当多的东西之后，来到了旅程中的倒数第二站迈阿密。在这里，我见一位妇女倒在街头。那是一个美丽、迷人的夜晚，可以感觉到近在咫尺的海洋的气息。我在灯光比较明亮的地方沿街心花园散步。我不敢离住处太远；已经过了应该回去的时间，大约是八点半了。但是我的心不让我回房间去，它朝相反的方向作着斗争。小心谨慎，这条戒律变成了不合时宜的虐政，纯粹是令人恼火和不能容忍的陈腐之见。我不能允许它把我同佛罗里达的夜景隔绝，因此起而反抗，不过也并非毫无顾忌。我眼观六路，耳听八方，注意暗影中的脚步声。就在这时，在离我不远的一条侧街上，突然响起一声喊叫。这条街上还有不少人，都是邻近房子里的住户，他们显得十分安闲，也不想在这样的时间就把自己关进屋里。有些人甚至把小椅子搬了出来，坐在门口平静地聊天。在这样一幅和平的景致中，我忽然看见一个女人，不知是从哪儿跑出来的，看样子就住在附近，因为她穿得很随便，只套了一件睡衣。我看见她双臂高举，一边喊叫着，一边从人行道上跑过来，仿佛有人在追赶她。她没有走多远，只过了几秒钟，便突然一转身，好像想穿过马路。但是，只见她脸朝下倒在马路中间，两只手依然平伸着。我听见她的骨头和头颅撞击在马路上的响声，然后她就不动了。

一辆汽车恰巧从前面驶来，减低速度绕开了她。握着驾驶盘的那个人只是淡漠地看了她一眼，便驾车扬长而去。没有一位邻居跑来救她，而是像刚才一样，依然坐在各自的门口。这时，已经围聚了不少人，有的出于好奇，有的表示惊疑，有的也许是怀有同情，但没有一个人从人行道上走下来，仿佛那个女人躺着的马路是个禁区。我感到站在原地袖手旁观不啻是犯罪，将受法律惩罚，何况我也害怕某种危险的后果，或者警察来到之后找我作证。于是，我便顺着街心花园的便道继续往前走去。但散步对我已没有刚才那样的吸引力，或者说已经毫无吸引力了。我一心只想刚才那个场面的结局。

过了十分钟，当我走回来时，围观的人更加多了，邻居们照样坐在门口的小椅子上，安之若素。那个女人还像刚才一样躺着不动，没有一个人去伸手把她扶起来。我走到对面的那条街心花园便道上，又踱了十分钟，脑海里不由得浮现出来美前不久在布加勒斯特的契什米久公园目击的一件事。那是在一个阳光明媚的白天，在冷饮商亭前面，一个女人手里拿着一瓶汽水，忽然像被人砍了一斧似的，仰面倒了下去。我听见了人体倒地和打碎玻璃瓶的响声，看见她仰面朝天躺在玻璃碴上。在片刻的惊疑之后，就有大约五个人飞奔过去把她扶起来，有的抱头，有的抬手和脚，而且如果需要，还会有这么多人冲过去帮忙。

想到那个兄弟般友爱的场面，眼前迈阿密的这个女人的遭遇以及人们的冷漠态度就像是被强光一照，现出了原形：自私自利、卑怯或者残忍、虐待狂和不人道。直到二十分钟之后，当我第二次走回来时，警察和一辆法医检验车才赶到。但他们没有把那个可怜的女人扶起来，只是将她翻了个身，让她仰面躺着，然后量血压，测脉搏，敲她的关节，摸一摸她身体，听她的心脏。与此同时，警察进行侦讯；我看见一个目击此事的邻居、坐在小椅子上聊天的男人站了起来。他说，女人一面喊叫着，一面跑过来，然后仰面倒在马路中间。他相距只有五米，怎么可能没有看清楚？抑或时隔二十分钟就忘记了？我真想走过去插嘴，说明真相，因为这个女人是脸朝下倒地的。我最不能容忍歪曲事实，即使像眼下这种无关紧要的细节。

法医早已检验完毕。他们又是笑，又是插科打诨，因为这个女人只是喝醉了，没有其他毛病。尽管她脸上的血染红了地面，他们却视若无睹，只管检查；他们收起工具，扬长而去。在此之后，救护车才开来。一个姑娘，是医生或者是护士，半抱着那个女人，替她包扎脸部。然后，司机轻轻抬起她的脚，送进救护车。人们同警察以及救护人员一起笑着，现在了解了事情的原委，大家都可以自由行动了；酗酒是一种喜剧病，永远引人发笑。

这件事虽然结局是喜剧式的，但给我留下了丑恶的印象，直至我了解到美国的法律不容许接近在公共场所倒下的人，而必须等警察来救援。既然是法律，我就不应该说三道四。其实，我也理解美国人的推理，尽管我们的思想方式与他们根本不同。我想到契什米公园里的那位妇女，她的事故现场也许不会留下任何痕迹，飞奔过去抢救她的人们不排除会帮倒忙，引起她窒息或者加重她的病情，因为在这种情况下人们通常各自照自己的想法行事，而往往又不懂得救护知识，显得热情有余，冷静不足。周围的人也会七嘴八舌，提出各种误人的主意：把她的头抬起来；不，应该把头放下去，低于肩膀；往她身上洒水；拍她脸颊；把她舌头拉出来；给她做人工呼吸；送她去医院！

美国的法律尽管在我们看来似乎多少有点不人道，但我想，其目的之一就在于使事故或犯罪意图的痕迹不致被搞乱，不致被销毁。我在布加勒斯特有一个朋友，一位强壮和生气勃勃的妇女。许多年前的一个晚上，在市中心的一条人行横道上被汽车撞断了大腿骨。肇事者急急忙忙把她塞进汽车，加重了她的骨折，并在有人见证之前就把她送进了急救医院，这样也就销毁了事故的痕迹。而交通岗亭只距离事故现场一百米！几天之后，由于受害者的申诉，这个肇事者才被侦讯，竟然诋赖得一干二净。而我那位可怜的朋友，虽然几经转院，一连几年吃尽了苦头，还是落得个终生残废。我给迈阿密事件的证人们的冷漠态度下断语时，早就忘记了她，因此，这是一种误解，我为自己的过于匆忙的判断感到羞愧。不过，在上面的所有议论中，我避免做出不假思索的最后判决。我的罪过也许是拒绝采取宽容态度。然而，强大、富裕和美丽的美国难道需要一个远隔重洋来到这里、然后又悄然离去的证人的宽容吗？

温馨与光明

世界散文精品集丛书

❖ **作者简介：**

狄 更 斯（1812～1870）

美国杰出的批判现实主义作家。其代表作有长篇小说《老古玩店》、《大卫·科波菲尔》、《双城记》等；散文作品《博兹特写集》、《圣诞故事记》和《游美札记》等。

尼亚加拉大瀑布

　　那一天的天气寒冷潮湿，着实苦人。凄雾浓重，几欲成滴，树木在这个北国里还都枝柯赤裸，完全冬意。不论多会儿，只要车一停下来，我就侧耳静听，看是否能听到瀑布的吼声，同时还不断地往我认为一定是瀑布所在那方面死乞白赖地看；我所以知道瀑布就在那一方，是因为我看见河水滚滚朝着那儿流去；每一分钟都盼望会有飞溅的浪花出现。恰恰在我们停车以前几分钟内，我看见了两片嵯峨的白云，从地心深处巍巍而出，冉冉而上。当时所见，仅止于此。后来我们到底下了车了；于是我才头一回听到洪流的砰訇，同时觉得大地都在我脚下颤动。

　　崖岸陡峭，又因为有刚刚下过的雨和化了一半的冰，地上滑溜溜的，所以我自己也不知道我是怎么下去的，不过我却一会儿就站在山根那儿，同两个英国军官（他们也正走过那儿，现在和我到了一块）攀登到一片嶙峋的乱石上了。那时气势澎湃，震耳欲聋，玉花飞溅，蒙目如眯，我全身濡湿，衣履俱透。原来我们正站在美国瀑布的下面。我只能看见巨浸滔天，劈空而下，但是对于这片巨浸的形状和地位，却毫无概念，只渺渺茫茫，感到泉飞水立，浩瀚汪洋而已。

我们坐在小渡船上，从这两个大瀑布前面那条汹涌奔腾的河里过的时候，我才开始感到是怎么回事；不过我却有些目眩心摇，因而领会不到这副光景到底有多博大。一直到我来到平顶岩上看去的时候——哎呀，天哪，那样一片飞立倒悬的晶莹碧波！——它的巍巍凛凛，浩瀚峻伟，才在我眼前整个呈现。

　　于是我感到，我站的地方和造物者多么近，那时候，那副宏伟的景象，一时之间所给我的印象，同时也就是永永无尽所给我的印象——一瞬的感觉，而又是永久的感觉——是一片和平之感，是心的宁静，是灵的恬适，是对于死者淡泊安详的回忆，是对于永久的安息和永久的幸福恢廓的展望，不掺杂一丁点暗淡之情，不掺杂一丁点恐怖之心。尼亚加拉一下就在我心里留下深刻的印象——留下了一副美丽的形象；这副形象，留在我的心头，永远不改变，永远不磨灭，直到我的心房停止搏动的时候。

　　我们在那个神工鬼斧、天魔帝力所创造出来的地方上待了十天，在那永久令人不忘的十天里，日常生活中的龃龉和烦恼，如何高我而去，越去越远啊！巨浸的砰訇对于我如何振聋发聩啊！绝迹于尘世之上而却出现于晶莹垂波之中的，是何等的面目啊！在变幻无常、横亘半空的灿烂虹霓四围上下，天使的泪如何玉圆珠明，异彩缤纷，纷飞乱洒，纵翻横出啊！在这种眼泪里，天心帝意，又如何透露而出啊！

　　我一起始，就跑到了加拿大那一边儿，在那十天里就一直在那儿没动。我从来没再过过河；因为我知道，河那边也有人，而在这种地方，当然不能和不相干的闲杂人掺和。整天往来徘徊、从一切角度，来看这个垂瀑；站在马蹄铁大瀑布的边缘上，看着奔腾的水，在快到崖头的时候，力充劲足，然而却又好像在驰下崖头、投入深渊之前，先停顿一下似的；从河面上往上看巨涛下涌；攀上邻岭，从树杪间隙望，看激湍盘旋而前，翻下万丈悬崖；站在下游三英里的巨石森岩下面，看着河水，波涌涡漩，砰訇应答，表面上看不出来它所以这样的原因，但在河水深处，却受到巨瀑奔腾的骚扰。永远有尼亚加拉当前，看它受日光的蒸腾，受月华的逗逗；夕阳西下中一片红，暮色苍茫中一件灰；白天整天眼里看它，夜里枕上醒来耳里听它；这样的福就够我享的了。

我现在每到平静之时都要想：那片浩瀚汹涌的水，仍旧尽日横冲直滚，飞悬倒洒，砰訇溯渤，雷鸣山崩；那些虹霓仍旧在它下面一百英尺的空中弯亘横跨。太阳照在它上面的时候，它仍旧像玉液金波，晶莹明澈。天色暗淡的时候，它仍旧像玉霰琼雪，纷纷飞洒；像轻屑细末，从白垩质的悬崖峭壁上阵阵剥落；像如絮如绵的浓烟，从山腹幽岫里蒸腾喷涌。但是这个滔天的巨浸，在它要往下流去的时候，永远老像要先死去一番似的，从它那深不可测、以水为国的坟里，永远有浪花和迷雾的鬼魂，其大无物可与伦比，其强永远不受降伏。在宇宙还是一片混沌、黑暗还复掩渊面的时候，在匝地的巨浸——水，另一个漫天的巨浸——光——还没经上帝吩咐而一下弥漫宇宙的时候，就在这儿森然庄严地呈异显灵。

❖作者简介：

欧　文（1783～
1859）

美国作家。其主要作品有散文《见闻杂记》、
《草原游记》，传记《哥尔德斯密斯传》、《华盛顿
传》，历史著作《纽约外史》、《征服格林纳达编年
史》等。

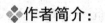惠斯敏斯大寺

　　时为晚秋。风物凄清，气象萧肃，岁既将暮，一日之间，几乎
晨昏相连，而朦胧暧曃，浑不可辨。正逢这样一天，我曾去惠斯敏
斯大寺作半日之勾留。而这座峨嵯古刹，宏伟之中，我深感已经踏
进远古世界，而恍然忘形于昔年的鬼影幢幢之中。

　　我入寺处为惠斯敏斯学校内庭，先经一拱形低矮长廊，廊内极
阴暗，仅一处壁上有小孔数个，阳光自那里淡淡射入，行经其地，
颇有森然地下之感。通道尽处，遥见一带拱廊，一老年堂守，衣皂
袍，正踽行于幽暗中，大类自邻坟新逸出之鬼物。一路行来，尽是
凄凉可悲之状，故入观之前，已先生端肃之想。回廊一带似仍不失
当年的安谧僻静。古旧墙垣则因水浸渍，色泽灰暗，加之年陈日久，
剥蚀严重；壁上碑铭镌刻乃至骷髅像等丧仪标志早为厚厚的绿霉掩
去。拱端窗顶的繁缛雕饰上面，当年刀凿斧琢之迹已模糊不真；拱
心石上玫瑰雕花也早丧失其昔年的华美；似乎在一切方面都渐渐留
下它的印记，但是倾圮颓败之中，也自有它的某种动人悦意之处。

　　饱含秋意的骄阳正把它灿黄的金光倾泻在拱廊环抱的空庭上方，
杲杲之下，正中的稀疏草坪一片光晶，远处拱廊一角也罩上了一层
朦胧的光辉。自拱廊之间，游目仰望，不时可以瞥见一抹蓝天或一

温馨与光明

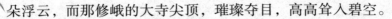

朵浮云，而那修峨的大寺尖顶，璀璨夺目，高高耸入碧空。

　　步上拱廊，一种盛衰荣枯之感不禁系心萦怀；同时我一边注视着地下的铭刻记载，这些原属旧日墓碑，但久已以此充作铺石，其中三个浮雕头像，尤其引我注意，雕刻本亦粗陋，加之长年践踏，早已磨损殆尽。雕像为早期院中住持，其下铭文已湮没不可复识，唯姓名犹在，想系日后重经描刻者三名，为：维多利斯主持，死于一〇八二年；克里斯平纳斯主持，死于一一一四年；劳伦修斯主持，死于一一七六年。忽而睹此古代遗物，我不禁伫立其地默思良久，心想这些不过像被时间抛弃在辽远海滨的几艘舟，除了说明他们曾经一度生存于天地之间又继而死去以外，什么也不说明；除了告诉人们，想借骸骨以受崇仰，想凭碑铭以成不朽这种狂妄痴想的可嗤之外，什么意义都不存在。不消多久，甚至连这点可怜记载也都要泯灭净尽，到那时，所谓纪念物云云又将谈何纪念意义！当我仍在俯视碑文，耳边不觉钟声大作，那巨响往来回荡于庞硕的扶垛之间，连整个抚廊也跟着应声而动。这是寺钟的报时，它不绝地向人们提醒流光的消逝，且又发自墓地，闻之实在不免使人心惊，它仿佛无边的巨浪，连连把人卷入地下。我继续前行，出十拱门，遂进入大寺正殿。进而整个殿容乃巍然眼前，规模较适才的拱廊益见宏伟。定睛细视，但见周围巨柱森列，大乃无艺，高拱凌空飞跨，危乎可怖，行经其下，竟不觉而在人所自造的工程面前自感渺小。环顾全部建筑，异常宏阔而昏暗，不禁使人骤生肃穆之感。我们蹑足敛步，蹀躞其间，唯恐惊动这墓地的肃静；但尽管这样，我们每行一步，那足音还是不免要从壁间乃至坟冢处轻轻传回，这也足见这座殿堂异样的空荡了。

　　看来这里的庄严气氛不能不使前来的人有所怵惕收敛，而产生肃然起敬之意。须知此时环峙在我们周遭的众多骸骨无一不是历代名人，无一不是那些曾经以其勋业彪炳史册或以其盛名威震寰宇的伟大人物。

然而今天他们却不得不麇集蜷曲在一抔土中，好不容易才从那里分得一块偏僻地方，一个阴暗角落，一片狭小区域，而过去在世时，怕是天下万国也还不能使他们完全餍足的；至于寺院中人，则更是费尽经营，冀图以各种图案装饰之美而邀得过往观客的匆匆一顾，庶几彼辈的英名不致逐即泪没，而得以稍历年所，殊不想，他们当年的志行固决不在此，而是以千秋祀典、万方瞻仰为其目的的。想到这里，人类的虚荣狂妄不禁令人哑然。

　　我在诗人祠前曾稍事勾留。诗人祠居寺殿十字侧室之角隅，祠中陈设至简朴，以文士生涯一般都较平淡，足供匠人作刻的事迹殊为不多。莎士比亚与艾狄生在此享有全身像。至于其余，多数仅为头像浮雕之类，甚至几句铭文。然而纪念物虽较简陋。我却注意到寺中观客在此处流连的时间往往最为长久。在这里所见到的并非是一般在瞻谒伟人英雄有宏巨墓碑时的那副单纯好奇与淡漠崇敬心理，而是一种亲切得多与热烈得多的爱慕之忱。人们在这里总是低回留恋，不忍遽去，仿佛来到友人墓前一般，因作家与读者之间的某种情愫。一些人得以享名身后不外凭借史乘，然而这种声名，时间一长，便不免变得模糊不真，与之相比，作家与其国人的关系却是永世长新，活跃而且密切。他们的一生与其说为的自己，不如说为的他人；他们不惜摈弃跟前一切耳目之娱与交游之乐，以便自己更能殚精竭虑地为着远方与异代的读者著述。但愿世人对他们的声名格外尊重，因为它绝非是依赖杀人喋血所赢得，而是凭借自己的辛勤所带给人们的乐趣。但愿后人对他们的恩泽永世不忘，因为他们给人留下的绝非是一串无补实际的空名和徒噪一时的喧嚣，而是一份丰厚的遗产——智慧的宝库、思想的结晶与语言的精华。

　　出诗人祠后，我前往帝王陵寝处瞻谒。这里原为寺的小礼拜堂，今天则被帝室的墓冢与碑物所占据。触目所及，尽是许多显赫的名字以及历史上巨室阀阅的徽号。当然把目光向着那幽冥的深处极力搜索时，我另瞥见种种奇形怪状的人物雕像：有的长踞龛中，状若祈祷；有的横卧坟上；有的为教中主教，头著法冠，手持圭杖；有的则为豪华贵族，冠带修峨，似殡殓前供人瞻仰者。目睹了这批如此繁夥而又异常死寂的像群之后，我不禁深深感到，这里不是别处，而正是过去传说中所讲的那一切都被突然叱化为石的神秘古厦。

我继而来到一座墓前，在那里伫立凝思，墓上雕像为一全身铠甲骑士。一臂挽盾，双手紧贴胸前做祈祷状，面部则几全为顶盔所掩，两腿交叉而立，意在表示此骑士曾经参加过圣战，这是一座十字军人之墓，当年的一名狂热战士，在这般人的身上，不仅宗教与传奇的成分难解难分，便是他们的勋劳业绩也都在虚实真伪之间，在历史与传闻之间。再加上那些粗犷的纹章与哥特式雕刻的重重装饰，更使得这些武夫之墓的气氛分外热闹。另外它们与其所居处的古老小教堂在格调上非常和谐；因而在我们这么凝神默想之际，过去在围绕着基督圣地之战壕上诗人们所尽情讴歌过的那种种圣徒轶事、浪漫传奇、豪侠精神、盛装场面等等，必将与我们自己的想象点燃一处，蔚成奇彩。但是这些遗物早已是明日黄花，不仅在时间上与我们相去过远，就是那些人物也超出了人们的记忆，另外在风俗习惯上也都与我们完全无缘。它们在我们的眼里不过是些蛮荒异域的古怪事物，我们对之既乏确切知识，也无明显印象。不过那些哥特式墓碑上的雕像也自有它们一种庄严肃穆的气概——不论是那些偃卧睡眠的，还是临终前默祷的。它们在我心头所产生的效果却远比许多徒以奇姿异态、夸张造作以及寓意繁夥为胜的近代墓饰深刻得多。另外，我对不少古旧碑铭措辞的佳妙也印象极深。我们前人的笔下确有一种宏伟的气势，他们用字不多而意境崇高。我以为，在表达门庭高贵、世代尊荣这个意思上，再没有哪副碑铭抵得上这个句子："家中男子人人勇武，室内女儿个个贤淑。"

诗人祠对面的十字侧堂竖立着一座堪称为近代艺术之冠的著名墓碑，但它给我的观点则是，恐怖有余，而崇高不足。这是纳丁格尔夫人之墓，出自一位卢比里哀克之手。墓碑底座之雕刻为：两扇石扉洞启处，一身披殓布之骷髅飞奔窜出，取搦向一妇人猛掷，时布已半落，森然骨露。妇人吓倒其夫怀中。而夫君亦惶恐万状，仍无计以避一击。雕工不可谓不逼真生动，见后，耳际几恍闻此厉鬼于其作恶之余，张啄努齿、自鸣得意之狞笑声！但是我们不禁要问，我们何苦非要把死亡这事弄得这么狰狞可怖，使我们亲人的坟上这么阴风惨惨？墓地的一切须能启人对死者的怀念追慕之情，发生者的虔心向善之念。这里不应成为产生恐怖恶感的可怕环境，而是人们前来寄托悼念哀思的虔敬场所。

正当我们穿行于这些幽暗的拱廊与寂静的侧室之间，观看死者的碑铭时，外界市廛街衢的喧嚣声，仍能偶然传来耳际。这一幕与此处的一片死寂恰成一强烈对比；另外，听到这熙来攘往的生活热潮不绝地向着墓地周遭袭来，也不能不令人发生一种异样之感。

就这样，我挨门逐室地继续巡视着这里的每一处墓地，而不觉时之已过。远处闲游者的足步已益渐稀疏；悠扬悦耳的钟声正召唤着人们前去晚祷；远处望去，一班身着雪白祭衣的唱经人正跨过回廊，纷纷进入他们的席位。这时我已来至亨利七世的陵寝入门处。门首有一扶梯，登扶梯再经一深邃宏伟的拱道，即达堂内。巨大堂门为黄铜制成，雕饰富丽，开启时户枢格格作响，意指这座全寺首屈一指的陵墓大概绝不欢迎普通凡人随意擅入吧。

既入，而不觉目为之迷，深感此建筑的构造宏阔，雕塑精美。四壁则一例镂金错彩，藻饰繁富，并沿壁广凿凹龛，内供诸圣贤烈士雕像。这里磐磐硕石于昔年巨匠的鬼斧神工之下，竟仿佛失其重量与密度，悬空而立，恍如幻术，而屋顶浮雕细工，则勾勒点画，精工绝伦，而又飘逸有致，宛若游丝。

堂的两侧设有巴斯骑士的高大座位，均为贵重橡木制成，缀有种种哥特式的怪异雕饰。座顶悬骑士头盔、顶翎、项巾、刀剑之类；再上则为旆旌旗，饰有各式纹章，其金紫朱赤之色与堂顶的灰暗浮雕，适成鲜明对照。坐落于宏大陵寝中央的则为其建造者之墓，墓

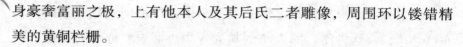

身豪奢富丽之极，上有他本人及其后氏二者雕像，周围环以镂错精美的黄铜栏栅。

　　然而这眼前的一切典丽堂皇，死人墓碑与战得物品的杂沓并陈，因而当年叱嗟风云不可一世的雄心壮慨与死后委泥化尘同归寂灭的荒凉情景，竟是如此紧紧相连，置之一处。这一切，都只能增人悲怆。最容易使人从心底处深感凄凉的实莫过于前去凭吊那些当年曾经烜赫一时而如今寂静无闻的过去遗址。目睹这许多骑士及其侍从的排排空位，以及如今尘封很厚但当年曾在他们麾前威武前导的灿烂旌旗，这座殿堂在我的想象中顿时幻成了它昔年的盛况，那时全境的英雄美人都正辐辏云集在这里，珠翠荧煌，剑佩铿锵，履舄交错，人影参差，四座不绝传来啧啧羡声，但如今则音容俱渺，一片死寂，唯檐前的鸟声啁啾而已。这些鸟不知是何时闯入，但久已筑巢中楣悬饰之间——这些都使这座殿堂益增其荒凉寥落之感。

　　我又将战旗上所绣姓名细加辨识，原来这些多曾是被遣赴世界各地的公差私使。他们或者远涉重洋，或者征戍异域，或者颇曾与闻当日宫闱内的阴谋机密，而目的亦无非希冀在此冥殿之中争得一二项虚声——一座无裨实用的墓碑而已。

　　堂两侧的两小耳室呈现着一幅令人心恻的情景，它不仅向人说明在坟墓面前人人平等，因而压迫人者也不免要被降黜至受压迫的地位，而且往往使十足的冤家对头聚葬一处。这里一边为神气高傲的伊丽莎白之墓；一边则为她的受害人，可爱然而不幸的玛丽之墓。然而这后者的悲惨身世却不时赢得人们的嗟叹痛惜，其中也间杂着对其迫害者的愤激不满。甚至伊丽莎白的墓壁那里也不免连连回荡着发自这受害者坟侧的长吁短叹。

　　玛丽葬处似乎郁积着一团不散的阴森之气。尘埃障翳的窗棂使日光只能微微射入，因而室内大都光线昏暗，四壁也因年陈日久而斑渍重重。玛丽的雕像偃卧墓上，周围环有铁栏，并已腐蚀严重，但其本氏族的徽物蓟草却可从栏侧窥见。这时我已走得疲倦，因而不免坐在墓前稍事休憩，但玛丽当年的一番波折遭遇仍在我的脑际萦回不已。

至此，寺内游观者的足步声已完全消失。这卓越耳边听到的唯有远处晚祷僧侣断续的诵经声，以及唱经班低弱的应答声。即使这些不久也都沉默下来，于是一时周遭万籁俱寂。这种突然一切归于清静寂灭、冷落无闻的气氛似乎迅速笼罩弥漫了整个寺院，而给这里平添了无限的幽深情趣：

> 在这宵冥之下，一切音沉响绝，
> 友朋欢快的足音，情人的笑语，
> 慈父的庭训面谕——都再听不到。
> 这里除了漫漫黄尘，杳杳长暮，
> 此外一无所有。

方凝想间，那浑厚凝重的管风琴猝然轰鸣耳际，而且一阵强似一阵，仿佛在长空掀起无边巨浪。那音响，噌吰嗒嗒与周围的宏伟广厦竟是那般相应！它又以何等非凡的气势，滚滚于庞硕的拱顶之间，使这死穴顿时溢满肃穆和谐，因而整个墓地也都喧闹起来——它时而热烈激昂，凯调高奏，奇声逸响，错杂迭出，而且愈飘愈高；时而又响沉符止，暂停下来，这时那唱经队的柔婉歌声嘤然逸出，蔚成流泉般的淙琤；那琴声高高翱翔和鸣啭于危拱崇顶之上，正仿佛飘飘乎纯净的天宇之间，到处恣其游荡；继而那噏鸣的风琴又发出阵阵霹雳之声，把整个殿堂化作乐音一片，声声沁入人的灵扉深处。这是何等悠扬绵长的节奏！何等排簨横空的和声！——它盈满全殿上下，扣壁铮铮作响。这时耳中惺然一声，不知更有此身。最后琴声在盛大的欢歌中结束——它已离开下界，升至高天——而人的灵魂也仿佛脱其躯壳，随着那滔天的音浪而飘然世外！

我默坐在那里不觉凝思不移，因为音乐对人多有这种陶醉作用；

这时黄昏的暗影已渐渐密集脚下，周围墓碑也已色泽转黯，而远处的钟声则宣告白昼已逝。

于是我起身准备离寺。但当我步下那导入正寺的扶梯时，我的目光又为忏悔者爱德华的神龛所吸引，于是又循其台阶而上，意欲对这下面荒坟作一环顾。龛筑于一高台上，四周为各帝王王后陵墓。居高临下，我从两楹与碑柱之间可俯瞰其下的堂室，那里坟冢累累，为众武士、教长、廷臣、高官的瘗葬之所。我的身边即竖立着巨大的加冕的宝座一具，橡木雕成，线条粗犷，属于早期哥特式式样。这里的全部陈设看来都仿佛是经人特意布成，以便在观客面前产生一种戏剧性的效果。因为这里所展示的实无异是世间权势荣华富贵的一幅缩影，即使贵为帝王之尊，宝座与坟墓之间也不过是一步之差。看到这里，不禁令人悚然以思，难道这眼前杂沓纷陈的碑铭器物不正是足为当今显要者戒吗？——借以向其昭示，即使他们今日势焰熏天，功名盖世，最后的冷落屈辱也必无可避免；不消多久，那额顶璀璨的王冠早已成了陈迹，而那著冠人也已委尘化泥，长埋地下，受着千万最卑贱者的践踏。因为，说来奇怪，甚至连这里的墓地都失掉了它们的神圣意味。某些狂妄之徒的身上表露着一种骇人的轻薄，专好对严肃与神圣的事物冒犯狎侮；另外一些心术不端的人也好把自己平日对生者的一番卑躬屈节之苦，转嫁到先贤身上，以图报复。这里忏悔者爱德华的灵柩即被人启过，其中各种葬物窃去不少；那威仪赫赫的伊丽莎白手中的王杖也都被人盗去，而亨利五世则成了无头之鬼。这里几乎没有一座墓碑不能充分证明，世人的一切尊敬崇仰原来竟是何等的虚妄和毫不足据。这些不是横受洗劫，便是惨遭肢解，另一些则被涂满淫词秽语——总之无一逃脱亵渎侮辱，只是轻重不同罢了。

这时高拱绮窗上的残照余晖已是微如散丝，几射不入；寺院下方则完全为暮色笼罩；寺中教堂与侧室更趋幽暗。国王等雕像这时恍同魅影，墓边的其他石像也在这黯淡的光线下呈现异状，晚风袭袭，吹进廊上，森然如发自墓中的鬼气，甚至远处诗人祠前堂守的足步声听来也都令人悚然。我循着午前的原路缓缓走出，过拱廊时，廊门碟碟作响，声震整个殿宇。

既出，我因想对适才所见的种种稍加整理，然而我发现这一切只是一片模糊零乱。我的脚步跨出门槛，无数的姓氏、碑铭、器物在我的记忆中已经乱作一团，不可收拾。我心里想，这里的成堆陵墓、累累高冢岂非便是一部教人谦逊淡泊的警世宝鉴，一付冷人名利之念的药石规箴！这里乃是冥王的帝国，黑暗的宫殿；他危然高坐，君临一切，人间的虚荣浮华只能遭到他无情的讥笑，王公的陵寝墓碑也只能在他的面前遗诉蒙尘。在这里，所谓不朽的荣誉岂非成了一句辽阔的空话！时光总是一刻不停地在悄悄翻动它的牒簿；眼前发生的事总不免要占去我们的主要精力，致使我们无暇去顾及过去的种种趣闻轶事；每个时代都像一卷过时的书册那样，被人弃置一旁，迅遭遗忘。今天的偶像迅速把昨日的英雄从我们的记忆之中挤掉；而到明天又将有其他继承人将他取代。托马斯·布朗爵士便曾说过，"我们的父辈发现他们的坟墓在我们的心中留存不长，因而伤惨地告诉我们，我们自己也必将被后人迅速遗忘。"人类的历史将会不断变成传说，事实将会变得隐晦难明，聚讼纷纭，镌刻将会从牌匾上剥蚀脱落，雕塑也会倾跌倒踬。一切华表、立柱、高拱、金字塔——所有这一切岂不仅是一堆尘沙？而它们上面的镌刻也不过是沙中作字？试问坟墓的安全何在？膏油的不腐又在哪里？亚历山大的骸骨早已被风驱散，他那空洞的石棺也只成了博物馆中的一件古董。"埃及的木乃伊虽曾幸免于冈比西斯乃至时间之手，却终逃不脱贪婪者之手；密士兰被用以敷伤，法老被卖制香膏。"

但是又有什么能使眼前这座巨厦免遭那些更为庞大的陵墓的覆灭命运呢？终有一天，这座凌霄高耸的镀金园拱将在人的脚下碎作瓦砾；那时这座歌声洋溢、赞声啧啧的崇高殿堂将要成为野风呼啸、鸱鸮咽鸣的圮塔断楼——刺目的阳光将驱散这座冥殿的阴霾，藤蔓卷丝缠满倒地的堂柱，地黄的花萼低低悬垂在佚名氏的骨灰瓮上，仿佛是对死者有意嘲弄。人生的奄忽也正是这样：其姓名将从记载与记忆之中泯灭消失，其一生不过是痴人说梦，其碑铭也必沦为废墟，满目凄凉，可胜叹哉！

❖**作者简介：**

惠 特 曼 （1819 ~ 1892）

美国杰出诗人、散文家。其主要作品有诗集《草叶集》、《敲吧，战鼓》，论著《民主展望》，散文自传《模范的日子》等。

🌿 海边幻想

我小时候就有过幻想，有过希望，想写点什么，也许是一首诗吧，写海岸——那使人产生联想和起划分作用的一条线。那接合点，那汇合处，固态与液态紧紧相连之处——那奇妙而潜伏的某种东西（每一客观形态最后无疑都要适合主观精神）。虽然浩瀚，却比第一眼看它时更加意味深长，将真实与理想合而为一，真实里有理想，理想里有真实。我年轻时和刚成年时在长岛，常常去罗卡威的海边和康尼岛的海边，或是往东远至汉普顿和蒙托克，一去就是几个钟头，几天。有一次，去了汉普顿和蒙托克（是在一座灯塔旁边，就目所能及，一眼望去，四周一无所有，只有大海的动荡）。我记得很清楚，有朝一日一定要写一本描绘这关于液态的、奥妙的主题。结果呢？我记得不是什么特别的抒情诗、史诗、文学方面的愿望，而竟是这海岸成了我写作的一种看不见的影响，一种作用广泛的尺度和符契。（我这里向年轻的作家们提供一点线索。我也说不准，不过，除了海和岸之外，我也不知不觉地按这同样的标准对待其他的自然力量——避免追求用诗去写它们；太伟大，不宜按一定的格式去处理——如果我能间接地表现出我同它们相遇而且相融，即便只有一次也已足够，我就非常心满意足了——我和它们是真正地互相吸收了，互相了解了。

多年来，一种梦想，也可以说是一种图景（有时是间或，不过到时候总会再来）时时悄悄地出现在我眼前。尽管这是想象，但我确实相信这梦想已大部分进入了我的实际生活——当然也进入了我的作品，使我的作品成形，给了我的作品以色彩。那不是别的，正是这一片无垠的白黄白黄的沙地；它坚硬，平坦，宽阔；气势雄伟的大海永远不停地向它滚滚打来，缓缓冲激，哗啦作响，溅起泡沫，像低音鼓吟声阵阵。这情景，这画面，多年来一直在我眼前浮现。我有时在夜晚醒来，也能清楚地听见它，看见它。

❖作者简介：

克里斯托弗·莫利
（1890~1957）

美国作家。其主要作品有小品文集《桑迪加夫酒店》，小说《特洛伊木马》、《基蒂·福伊尔》等。

 门

开门和关门是人生中含意最深的动作。在一扇扇门内，隐藏着何等的奥秘！

没有人知道，当他打开一扇门时，有什么在等待着他，即使那是最熟悉的屋子。时钟滴答响着，炉火正旺，也可能隐藏着令人惊讶的事情。修管子的工人也许已经来过（就在你外出之时），把漏水的龙头修好了。也许是女厨的忧郁症突然发作，向你要求得到保障。聪明的人总是怀着谦逊和容忍的精神来打开他的前门。

我们之中，有谁不曾坐在某一个接待室里，注视着一扇门的谜一般意味深长的镶板？或许你在等待申请一份工作，或许你有一些你渴望做成的"交易"。你望着那机要速记员轻快地走出走进，漠然地转动着那与你的命运休戚相关的门。然后那年轻的女郎说："克兰伯利先生现在要见你。"当你抓住门的把手，你就会闪过这样的念头："当我再一次打开这扇门时，会发生什么事情呢？"

有各种各样的门。有旅馆、商店和公共建筑的转门。它们是活泼喧闹的现代生活方式的象征。难道你能想象密尔顿或潘恩急匆匆地穿过一扇转门么？还有古怪的吱吱作响的小门，它们依然在变相的酒吧间外面晃动，只有从肩膀到膝盖那样高低。更有活板门、滑门、双层门、后台门、监狱门、玻璃门。然而一扇门的象征和奥秘存在于它那隐秘的性质。玻璃门根本不是门，而是一扇窗户。门的意义就是把隐藏在它内部的事物加以掩盖，给心儿造成悬念。

开门的方式也是多种多样的，当侍者端给你晚餐的托盘，他欢快地用肘推开厨房的门。当你面对倒霉的书商或者小贩时，你把门打开了，但又带着猜疑和犹豫退回了门内。彬彬有礼、小心翼翼的仆役向后退着，敞开了属于大人物的壁垒般的橡木门。富于同情心然而深深沉默的牙医的女助手，打开通往手术室的门，不说一句话，只是暗示你医生已为你做好了准备。一大清早，一扇门猛然打开，护士走了进来——"是个男孩!"

门是隐秘、回避的象征，是心灵躲进极乐的静谧或悲伤的秘密搏斗的象征。没有门的屋子不是屋子，而是走廊。无论一个人在哪儿，只要他在一扇关着的门的后面，他就能使自己不受拘束。在关着门的门内，头脑的工作最为有效。人不是在一起牧放的马群。狗也知道门的意义和痛楚。你可曾注意过一只小狗依恋在一扇关闭的门边? 这是人生的一个象征。

开门是一个神秘的动作：它包容着某种未知的情趣，某种进入新的时刻的感知和人类烦琐仪式的一种新的形式。它包含着人间至乐的最高闪现：重聚、和解、久别的恋人们的极大喜悦。即使在悲伤之际，一扇门的开启也许会带来安慰：它改变并重新分配人类的力量。然而，门的关闭要可怕得多，它是最终判决的表白。每一扇门的关闭就意味着一个结束。在门的关闭中有着不同程度的悲伤。一扇猛然关上的门是一种软弱的自白。一扇轻轻关上的门常常是生活中最具悲剧性的动作。每一个人都知道把门关上之后接踵而来的揪心之痛，尤其是当所爱的人音容犹在，而人已远去之时。

开门和关门是生命之严峻流动的一部分。生命不会静止不动并听任我们孤寂无为。我们总是不断地怀着希望开门，又绝望地把门关上。生命并不像一斗烟丝那样持续很久，而命运却把我们像烟灰一样敲落。

一扇门的关闭是无可挽回的。它像突然扯断了系在你心上的绳索。重新打开它，是徒劳的。至于另一扇门是不存在的。门一关上，就永远关上了。通往消逝了的时间脉搏的另一个入口是不存在的。

温馨与光明

世界散文精品集丛书

❖作者简介：

纳博科夫（1899~
1977）

美国作家。其主要作品有《山路》、《乔尔勃归来》、《玛申卡》、《蒙昧主义者的囚房》、《绝望》、《天赋》等。

精　灵

我手里的笔勾画着圆圆的、晃动的墨水瓶影，心则在胡思乱想。从隔壁房里传来一记记钟声，仿佛是有人叩问，先是轻轻的，后来越敲越响，连敲了十二下，然后戛然而止，像等候回答。

"是的，我在家，请进……"

门把手怯生生地响了一下。滴着浊泪的火苗儿歪斜到一边。他侧身从直角形黑洞里挤进屋，猫着腰，灰不溜秋的脸，身上蒙着夜晚的霜花……

我熟悉这脸——哦，太熟悉了！

他的右眼隐在暗处，可是椭圆形的、像布了一层氤氲的绿莹莹的左眼骇怕地朝我瞪着，而瞳子是红的，像块锈斑……太阳穴上贴着他一绺败草般的头发，还有白乎乎的、稀稀拉拉的眉毛，嘴巴边上可笑的皱褶——这一切重又勾起了我的回忆，使得我又喜又恼！

我站起身。他逼近一步。

他穿的大衣像女人的窄身大衣，扣得严严实实。手里握顶帽子——不，一团皱巴巴的黑颜色的玩意儿，他压根儿没有帽子……

对了，当然认得，不单认得，甚至还有点儿喜欢，就是怎么也想不起咱俩在什么时候，在哪见过。见倒是常见，否则不会对他那越橘般红艳艳的嘴皮子，尖尖的老鼠耳朵和可笑的喉结记得这么牢……

我含含糊糊地说了句欢迎的话，握了握他轻飘飘、冷冰冰的手，挪了挪破旧靠椅。他如同乌鸦栖息在树墩上般坐在椅子里，忙向我解释：

"街上冷得够呛，所以弯进来看你。认得出我吧？从前咱俩几乎无日不见。在一起嬉耍，你呼我应地闹着玩儿……在那儿，在那故乡……难道你忘了？"

他的声音似一道闪光，倏地耀得头晕目眩。我想起了曾有过的幸福，荡气回肠的、无以比拟的、去而不返的幸福……

不，不可能！屋里只我一人……这是我痴人独语！但我身边确实坐着这么个瘦溜溜的、古里古怪的、脚蹬德国皮靴的家伙在叨叨，吱吱嘎嘎刺耳却又好听，声音怪熟的，而且吐字清楚，真像是人在说话……

"得，你记起来啦……是呀，我便是以前的林妖，调皮捣蛋的精灵……"

他深深地叹了口气。蓦地我像重又瞧见了悠闲的白云，树端起伏的林澜，林澜掀起的星沫——白桦树皮的斑斑光点，重又听到林澜无休无止的欢乐的轰鸣……他凑近我，亲昵地瞅着我说：

"还记得咱们的林子吗？记得那些黑松林和白桦林吗？全被砍啦……真叫人痛心。眼看着一棵棵倒地，可有什么法子？他们把我赶进沼地。我哭，我喊，我不甘心，我连蹦带跳逃往附近的针叶林。

在那儿我伤心得哭了好一阵子……刚安下身，不料林子又没了，只剩下一片瓦灰。我再次流浪，找到一处下脚——挺不错的、生气勃勃的小密林，但总不如原来的。在原来的地方我常常从早玩到断黑，吹口哨，拍巴掌，吓唬过往的人……你记得吗？有一回你和穿白色连裙衫的姑娘在我那儿，在密林深处迷了路，我让一条条林阴小径布成迷宫，我围着树干儿打转，在叶丛里朝你眨巴眼睛，使你晕头转向……不过，这是跟你闹着玩，大不该骂我……好，到新地方，得过且过吧，反正没啥好乐的……不管白天黑夜，四周围噼里啪啦响。我初以为是我的同伙——林妖在闹腾，我亮起嗓门喊了一声，听有没有回音。照旧噼里啪啦，轰轰隆隆。显然不是自己人。有回我趁天没黑，上林间空地瞧个究竟，嘿，地上躺了好多的人；有的仰面朝天，有的四肢趴拉。我想：让我叫醒他们，逗个乐儿！我晃树枝丫，抛松果儿，故意发出响声……折腾半天——白费劲！走近一瞧，我愣了！一个人的脑袋搬了家，只留根虹线牵着脖子，另一个的肚子开了花，爬满蛆虫……我吓得大叫一声，掉头便跑，再也受不了……

我到过各种样儿的树林，就是找不到能安身的窝，那些树林不是没一点儿声音，荒凉、寂寞，就是叫人腻味，腻味得提都不愿提它！最后我打定主意：不如像乡巴佬般背上背篓闯江湖去。别了，罗斯！半途上遇见了我的同族同宗——水妖。她也落了难，怪可怜的，不断唉声叹气：这年月糟透了！真是的，以前，她虽然娇气，但喜欢招徕客人（这人挺好客）去她的金色沙滩。她招待客人多么殷勤！唱的歌多么娓娓动听！可眼下，她说，河上漂着一片片，一串串的死尸，河水成了泥浆，不再是清凌凌的，憋得人没法透气……她去大海，临时捎带上我，走了一程，把我送上雾蒙蒙的沙滩：去吧，小兄弟，去找小林子安家吧。可我什么也没找到，于是来到了这可怕的、砖墙林立的异国城市……成了流浪汉，轻衣小帽，穿了这么双靴子，按当地人的习惯，甚至学会了当地人的语言……"

他不吱声了，眼睛变得水汪汪的像两片雨淋的树叶，交叉双手，梳成一边溜的浅黄发在摇曳的灯光下一亮一暗。

"我知道你也寂寞难耐，"又响起了他的嗓门，"但比起我揪心裂肺的寂寞来只是轻微的，如你所说的'惆怅'而已。你瞧，在咱们罗斯，我的同族同宗眼下一个也没有了，有的像雾般消逸，有的各奔天涯。故乡的溪河凄凄切切，再没有一只嬉耍的手去拨动水中浮月，幸存的风铃草——我的调皮的朋友草原精灵常常抚弄的古筝——如今孤零零地垂头不语。蓬头垢面但和蔼可亲的，谜一样的小树丛已经枯萎……

我们的罗斯原是你灵感的源泉，是你所钟情的美的化身，为你所永远陶醉的福地……我们全都走了，被无情的手扔到异邦。

朋友，我快死了，跟我说说话儿吧，说你爱我，爱我这无家可归的幽灵。坐近我，伸过你的手来……"

喳喳几声，烛灭了。冰冷的手指抓住我的手掌。忧伤的、我所熟悉的朗朗笑声响了没多久止息了。

待我点亮灯，靠椅里已无人影……空空如也……房里仅留下一股白桦和湿苔的淡淡的馨香……

温馨与光明

177

❖ **作者简介：**

加夫列拉·米斯特拉尔（1889~1957）

智利女诗人。其主要作品有《绝望》、《柔情》、《母亲的诗》、《葡萄压榨机》等。1945年获诺贝尔文学奖。

歌　声

　　一位妇女在山谷唱歌，掠过的阴影将她遮挡，但那歌声使她挺立在田野上。

　　她的心破碎了，就像今天傍晚她在小溪的卵石上摔碎的水罐一样。然而她还在唱，从那隐秘的创口透出的一缕歌声，变得更纤细，更强劲。在悠扬的曲调中，那歌声被鲜血沾湿了。

　　为着每天都有人死去，田野里其他声音都已沉寂。刚才，连那只落在最后的小鸟的啼啭也听不到了。她那不会死去的心，那为痛苦而活着的心，汇拢了一切已经沉寂的声音，现在她的歌声虽已变得高亢，但始终是甜美的。

　　她是在为她丈夫歌唱？暮色中丈夫正默默地望着她。或者，她唱歌是为了孩子？孩子是那么迷人，使她减轻痛苦；或者，她只是为自己的心歌唱？她的心比黄昏时分孤独的孩子更加无依无靠。

　　这歌声使正在降临的夜晚变得慈爱，群星带着人间的甜蜜在闪烁，布满星星的天空变得通晓人情，理解大地的痛苦。

　　田野纯净得像月光下的水面，平原抹去那不高尚的白天的浊气。白日里人们互相憎恨。那妇人仍然在歌唱，歌声从咽喉中飞出，越过变得高尚的白天，朝着群星飞升！

◆**作者简介：**

聂鲁达（1904 ~ 1973）

智利诗人、散文家。其主要诗集有《二十首情诗和一支绝望的歌》、《西班牙在我心中》和《漫歌》，回忆录《我承认，我曾历尽沧桑》等。1971 年获诺贝尔文学奖。

归来的温馨

　　我的住所幽深，院内树木繁茂。久别之后，房子的许多去处吸引我躲进去尽情享受归来的温馨。花园里长出了神奇的灌木丛，发出了我从未领受过的芬芳。我种在花园深处的杨树，原来是那么细弱，那么不起眼，现在竟长成了大树。它直插云天，表皮上有了智慧的皱纹，梢头不停地颤动着新叶。

　　最后认出我的是栗树。当我走近时，它们光裸干枯的、高耸纷繁的枝条，显出莫测高深和满怀敌意的神态，而在它们躯干周围正萌动着无孔不入的智利的春天。我每日都去看望它们，因为我心里明白，它们需要我去巡礼，在清晨的寒冷中，我凝然伫立在没有叶子的枝条下，直到有一天，一个羞怯的绿芽从树梢高处远远地探出来看，随后出来了更多的绿芽。我出现的消息就这样传遍了那棵大栗树所有躲藏着的满怀疑虑的树叶；现在，它们骄傲地向我致意，并且已经习惯了我的归来。

　　鸟儿在枝头重新开始往日的啼鸣，仿佛树叶下什么变化也未曾发生。

　　书房里等待我的是冬天和残冬的浓烈气息。在我的住所中，书房最深刻地反映了我离家的迹象。

温馨与光明

封存的书籍有一股亡魂的气味，直冲鼻子和心灵深处，因为这是遗忘——业已湮灭的记忆——所产生的气味。

在那古老的窗子旁边，面对着安第斯山顶上白色和蓝色的天空，在我的背后，我感到了正在与这些书籍进行搏斗的春天的芬芳。书籍不愿摆脱长期被人抛弃的状态，依然散发一阵阵遗忘的气息。春天身披新装，带着忍冬的香气，正在进入各个房间。

在我离家期间，书籍给弄得散乱不堪。这不是说书籍短缺了，而是它们的位置给挪动了。在一卷十七世纪的严肃的培根著作旁边，我看到艾·萨尔加里的《尤卡坦旗舰》；尽管如此，它们倒还能够和睦相处。然而，一册拜伦诗集却散开了，我拿起来的时候，书皮像信天翁的黑翅膀那样掉落下来。我费力地把书脊和书皮缝上，事前我先饱览了那冷漠的浪漫主义。

海螺是我住所里最沉默的居民。从前海螺连年在大海里度过，养成了极深的沉默。如今，近几年的时光又给它增添了岁月和尘埃。可是，它那珍珠般冷冷的闪光，它那哥特式的同心椭圆形，或是它那张开的壳瓣，都使我记起远处的海岸和事件。这种闪着红光的珍贵海螺叫 Rostellaria，是古巴的软体动物学家——深海的魔术师——卡洛斯·德拉托雷有一次把它当作海底勋章赠给我的。这些加利福尼亚海里的黑"橄榄"，以及同一处来的带红刺的和带黑珍珠的牡蛎，都已经有点儿褪色，而且盖满尘埃了；从前，就在有那么多宝藏的加利福尼亚海上，我们险些遇难。

还有一些新居民，就是从封存了很久的大木箱里取出的书籍和物品；这些松木箱来自法国，箱子板上有地中海的气味，打开盖子时发出嘎吱嘎吱的歌声，随即箱内出现金光，露出维克多·雨果著作的红色书皮。旧版的《悲惨世界》便把形形色色令人心碎的生命，在我家的几堵墙壁之内安顿下来。

不过，从这口灵柩般的大木箱里我找出了一张妇女的可亲的脸，木头做的高耸的乳房，一双浸透音乐和盐水的手。我给她取名叫

"天堂里的玛丽亚"，因为她带来了失踪船只的秘密。我在巴黎一家旧货店里发现她光彩照人，当时她因为被人抛弃而面目全非，混在一堆废弃的金属器具里，埋在郊区阴郁的破布堆下面。现在，她被放置在高处，再次焕发着活泼、鲜艳的神采出航。每天清晨，她的双颊又将挂满神秘的露珠，或是水手的泪水。

玫瑰花在匆匆开放。从前，我对玫瑰很反感，因为她没完没了地附丽于文学，因为她太高傲。可是，眼看她们赤身裸体顶着严冬冒出来，当她在坚韧多刺的枝条间露出雪白的胸脯，或是露出紫红的火团的时候，我心中渐渐充满柔情，赞叹她们骏马一样的体魄，赞叹她们含着挑战意味发出的浪涛般神秘的芳香与光彩，而这是她们适时从黑色土地里尽情吸取之后，像是责任心创造奇迹，在露天地里表露的爱。而现在，玫瑰带着动人的严肃神情挺立在每个角落，这种严肃与我正相符，因为她们和我都摆脱了奢侈与轻浮，各自尽力发出自己的一分光。

可是，四面八方吹来的风使花朵轻微起伏、颤动，飘来阵阵沁人心脾的芳香。青年时代的记忆涌来，令人陶醉：已经忘却的美好名字和美好时光，那轻轻抚摩过的纤手、高傲的琥珀色双眸以及随着时光流逝已不再梳理的发辫，一起涌上了心头。

这是忍冬的芳香，这是春天的第一个吻。

乌云和彩虹

有这样的时候，人们使我感到痛苦。这时我就躲进山中某个僻静的所在，倾听树林的叹息，同喋喋不休的溪水低声细语，头靠在露湿的青草上清凉一下。于是我的心里便感到了幸福。不久前，仅仅几天之前，我就是这样感到了幸福，在温柔的大自然的怀抱，正是在这么一条爱饶舌的小溪旁。小溪从碧绿的羊齿草的阴影下欢笑着蹦进世界，快乐地奔跑着，去追逐小石子和毋忘我花，湿润的眼睛里闪烁着几千颗银色的星星。我怎么也不曾料到，当我的心渐趋平静的时候，一场真正的暴风雨却正在突然发生，当我开始感到幸福的时候，几十万同胞却正在陷入无尽的不幸。那几天，我对捷克遇到的新灾难一无所知，这是否叫做善意的巧合，我不敢说，可是，我承认，当我知道了消息，开始读报时，有很长时间我读不下去，无法读下去。现在，我亲自来到这些经历浩劫、留下残骸的地区看了一下。是的，上帝的预言证实了："我将把七倍的灾难降到你的头上！"

我们经受的痛苦早已比其他任何民族、任何地域大了七倍！我们的灾难是个巨大的怪物，它瘦骨嶙峋的手紧按在我们的胸口上，使我们无法休息，无法入睡。刺骨的寒冷逼得我们屏住了呼吸。我们勤勤恳恳，可是多年的劳动顷刻之间尽付东流。我们无比艰辛地为自己筑下个巢。然而当我们要躲进这安全的蔽身之所时……你们也曾见过小鸟同暴风雨的搏斗吧？它焦急万状，拼命要飞回巢去，但暴风雨一次又一次攫住它，将它抛向后面。小鸟哀鸣着，再度同狂风拼搏，再度被抛向后面。捷克的灾难嗜好眼泪，火热的捷克眼泪，使捷克人的眼睛由此而失明！灾难浸透了整个捷克土地，蒸发出黄色的烟雾，它腾腾升起，染污了天空，直至再次凝聚成乌云，落下新的灾难。那天晚上的情景一定是非常恐怖的：捷克上空，可怕的天裂开了，狂怒的暴雨哗哗倾泻，掩盖了人们叹息和哭泣的声音。灾难在我们的头上飞翔，手里拿着红色闪电的旗帜。火蛇鞭挞大地，死神用震耳欲聋的巨雷宣告，它正在猎取人的生命！它找到了人，将他们杀死在平原上，它从隐蔽的高处捶打下来，将他们扼死在床上，用他们的舒适小屋制成一口口的棺材。这些棺材至今仍耸立在那里，遍地皆是，散发着墓地的气息，棺材脚陷在冒着水汽、又滑又粘的泥浆里。

我们的灾难大七倍。"火、雹、雪、冰和狂风执行着上帝的命令"，古代圣诗这样悲叹。可是在捷克的圣诗里，却可读到其他种种可怕的灾难！那曾经是我们的福祉，"给我们降下奶和肉"的力量，如今却奉命制造新的瘟疫。那条曾经给我们带来幸福并给这一地区平添秀色的小河，却突然打碎了它自己围上的堤岸的锁链，闯出来冲走了幼苗，用它一度灌溉良田的手指推倒了磨坊和昔日自己带动的机器，卷走了桥梁和它曾经安详环抱的桥墩，从这许多人的眼睛里永远赶走了睡眠，而在过去它却使他们那样的神清气爽。夜雨，平时多么喜人！它在安睡者的窗户上敲打着亲切的催眠曲，干渴的土地尽情将它痛饮，待到东方破晓，大自然闪烁着快乐的眼泪，阳光将泪水一一吻干，大地在微笑，树林一片欢腾。而今，经过了星期六至星期天的那个夜晚呢？唯有伤心的哭泣，唯有无声的绝望！

洪水已退，可是捷克人民的眼睛里，依然泪水未干——永恒的捷克眼泪啊！据说患病一日不愈、一年不愈是谓不幸，可是这次的灾难我们二十年也难以复原！

不过，我承认，到处开展的捐赠活动在我看来毕竟像彩虹一样美丽。这边还阴云密布，那边已是阳光明媚。诗人说，彩虹是由一颗颗爱的宝石构成的。那么捐赠该是最最美丽的彩虹了。要说在捷克之外的某些地方，捐赠并非纯粹出于仁慈，这话也有道理。可是，让我们想一想那句古老的至理名言吧："每一件善行都是救世主，而每一位救世主都有自己的荆棘冠冕。"在这种情况下，接受就没有什么可耻，施与时的惭愧心情也并非虚假。至于我们国内，我们的捐赠活动还应更加有效地铺开。要知道，我们自己是唯一了解和感受全部灾情的人。我们共同承受着灾害，而不幸的人最能理解不幸的人——我们都是祖国的儿女。先知是怎么说的呢？"若要上天报答你的儿女，那就报答自己父母的恩人吧！"

我们必须援助，这是自己援助自己，但必须赶快，以使创伤早日愈合。我想，捷克的灾难永远不会满足，它不久会前来叩我们的大门。

温馨与光明

❖**作者简介：**

德富芦花（1868 ~ 1927）

日本小说家、散文家。其散文集有《自然与人生》、《蚯蚓的梦呓》、《巡礼纪行》、《黑眼睛与黄眼睛》等。

 # 晨 霜

我爱霜，爱它清凛、洁净；爱它能报知响晴的天气。最清美的，是那白霜映衬下的朝阳。

有一年十二月末尾，我一大早从大船户冢这地方经过。那是个罕见的霜晨，田野和房舍上下了一层薄薄的细雪，村庄的竹林和常绿树上也是一片银白。

顷刻间，东方天空露出了金色，呆呆旭日，升上没有一丝云翳的空中，霞光万道，照耀着田野、农家。那粒粒白霜，皎洁晶莹，对着太阳的一面，银光闪烁；背着太阳的一面，透映着紫色的暗影。农舍，竹林，以及田地里堆积的稻草垛。就连那一寸高的稻茬上，也是半明半暗，半白半紫。一眼望去，所见之处，银光紫影，相映成趣。紫影中仍然可以隐隐约约看到霜，大地简直成了一块紫水晶。

一个农夫站在霜地里烧稻草，青烟蓬蓬，散开去，散开去，遮蔽了太阳，变成银白色。逢到霜重，那青烟竟也带上了一层淡紫色。

于是，我爱霜，爱得越发深沉了。

断 崖

一

从某小祠到某渔村有一条小道。路上有一处断崖。其间二百多丈长的羊肠小径，从绝壁边通过。上是悬崖，下是大海，行人稍有一步之差，便会从数十丈高的绝壁上翻落到海里，被海里的岩石撞碎头颅，被乱如女鬼头发的海藻缠住手脚。身子一旦堕入冰冷的深潭，就会浑身麻木，默默死去，无人知晓。

断崖，断崖，人生处处多断崖！

二

某年某月某日，有两个人站在这绝壁边的小道上。

后边的是"他"。他是我的朋友，竹马之友——也是我的敌人，不共戴天之敌。

他和我同乡，生于同年同月，共同荡一只秋千，共同读一所小学，共同争夺一位少女。起初是朋友，更是兄弟，不，比兄弟还亲。而今却变成仇敌——不共戴天的仇敌。

"他"成功了，"我"失败了。

同样的马，从同一个起跑线上出发，是因为足力不同吗？一起奔跑起来，那匹马落后了，这匹马先进了。有的偏离跑道，越出了范围，有的摔倒在地，真正平安无事跑到前头，获得优胜的是极少数。人生也是这样。

在人生的赛马场上，"他"成功了，"我"失败了。

他踏着坦荡的路，获取了现今的地位。他的家丰盈富足，他的父母疼爱他，他从小学经初中、高、大学，又考取了研究生，取得了博士学位。他有了地位，得到了官职，聚敛了这么多的财富。而财富往往使人赢得难于到手的名誉。

当"他"沿着成功的阶梯攀登的时候，"我"却顺着失败的阶梯下滑。家中的财富在一个时候失掉了，父母不久也相继去世。年龄未到十三岁，就只得独立生活了。然而，我有一个不朽的欲念。我要努力奋斗，自强不息。可是正当我临近毕业的时候，剥蚀我生命的肺病突然袭上身来，一位好心肠的洋人可怜我，在他回国时，把我带到那个气候和暖、空气清新的国家去了。病状逐渐减轻。我在这位恩人的监督下，准备功课打算投考大学，谁知恩人突然得急症死了。于是我孑然一身，漂流异乡。我屈身去做佣人，挣了钱想寻个求学的地方，这时，病又犯了，只得返回故国。在走投无路、欲死未死的当儿，又找到了一个活路，我做了一名翻译，跟着一个洋人，来到了海水浴场。而且同二十一年前的"他"相遇了。

二十年前，我俩学校大门前分手，二十年后再度相逢。他成了明治天下一名地位煊赫的要人，而我是一名半死不活的翻译。二十年的岁月，把他捧上成功的宝座，把我推进失败的洞穴。

我能心悦诚服吗？

成功能把一切都变成金钱。失败者低垂的头颅尽遭蹂躏。胜利者的一举一动被称为美德。"他"以未曾忘记故旧而自诩，对我以"你"相称，谈起往事乐呵呵的，一旦提到新鲜事儿，就说一声"对不起"。但是他却显得洋洋自得，满脸挂着轻蔑的神色。

我能心悦诚服吗？

我被邀请去参观他的避暑住居。他儿女满堂，夫人出来行礼，长得如花似玉。谁能想到这就是我同"他"当年争夺的那位少女。

不幸虽是命中注定，但背上不幸的包袱这是容易的吗？不实现志愿决不止息。未成家，未成名，孤影飘零，将半死不活的身子寄于人世，即使是命中注定，也不甘休。然而现在"我"的前边站着"他"。我记得过去的"他"，我看到"他"正在嘲笑如今的"我"。我使自己背上的包袱，他在嘲笑这样的包袱。怒骂可以忍受，冷笑无法忍受。天在对我冷笑，"他"在对我冷笑。

不是说天是有情的吗？我心中怎能不愤怒呢？

三

某月某日，"他"和"我"站在绝壁的道路上。

他在前，我在后，相距只有两步。他在饶舌，我在沉默。他甩着肥胖的肩膀走着，我拖着枯瘦的身体一步一步喘息，咳嗽。

我用眼睛不由自主地向绝壁下面张望。悬崖十仞，碧潭百尺，只要动一下指头，壁上的"人"就会化做潭底的"鬼"。

我掉转头，眼睛依然望着潭下。我终于冷笑了，瞧着他那宽阔的背，一直凝视着，一直冷笑着。

突然一阵响动，一声惊叫进入我的耳孔，他的身子已经滑下崖间。为了不使自己坠落下去，他拼命抓住一把茅草。手虽然抓住了茅草，身子却悬在空中。

"你!"

就在这一秒之内，他那苍白的脸上，骤然掠过恐怖、失望和哀怨之情。

就在这一秒之内，我站在绝壁之上，心中顿时涌起过去和来来复仇的快感，同情。各种复杂的情绪在心中搏击着。

我俯视着他，伫立不动。

"你!"

他哀叫着拽住那把茅草，茅草发出沙沙响声，根子眼看要拔掉了。

刹那之间，我趴在绝壁的小道上，顾不得病弱的身子，鼓足力气把他拖了上来。

我面红耳赤，他脸色苍白。一分钟后，我俩相向站在绝壁之上。

他怅然若失地站了片刻，伸了血淋淋的手同相握。

我缩回手来，抚摩一下剧烈跳动的心胸，站起身来，又瞧了瞧颤抖的手。

得救的，是他，不是我吗？

我再一次熟视着自己的手。

四

翌日，我独自站在绝壁的道路上，感谢上天，是它搭救了我。

断崖十仞，碧潭百尺。

啊，昨天我曾经站在这座断崖之上吗？这难道不就是我一生的断崖吗？

◆ **作者简介：**

岛崎藤村（1872～1943）

日本诗人、散文家和小说家。其主要作品有诗集《夏草》、小说《破戒》、散文《千曲川风情》等。

🍃 落　叶

　　每年十月二十日，可以看到初霜。在城里，只有冬天到杂木丛生的和布满平坦耕地的武藏野的时候，才能看到薄薄的、令人喜悦的微霜。你对这些是司空见惯了的，我很想让你也瞧一瞧这高山的霜景呢。这儿的桑园，要是来上三四场霜，那就看吧，桑叶会骤然缩成卷儿，像烧焦了似的，田里的土块也会迅速松散开来……看了这种景象，着实有点怕人哩，显示着冬天浩大威力的，正是这霜啊！到时候，你会感到雪反而是柔美的，那厚厚的积雪给人的是一种平和的感觉。

　　十月末的一个早晨，我走出自家的后门，望着被深秋的雨水染红的柿子树叶，欣欣然向地上飘落。柿树的叶片，肉质肥厚，即使经秋霜打过，也不凋残，不蜷曲。当朝暾初升、霜花渐溶的时候，叶片耐不住重量，才变脆脱落下来。我伫立良久，茫然眺望着眼前的景色。心想，这天早晨定是下了一场罕见的严霜吧。

　　进入十一月，寒气骤然加剧。天长节清晨，起来一看，上下一白，望不到边际。后门口的柿子树叶，一下子落了，连路都埋了起来。没有一丝风，那叶子是一片、两片，静静地飘零下来的。屋顶上鸟雀欢叫，听起来比平常嘹亮、悦耳。

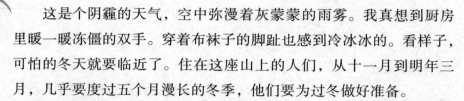

　　这是个阴霾的天气，空中弥漫着灰蒙蒙的雨雾。我真想到厨房里暖一暖冻僵的双手。穿着布袜子的脚趾也感到冷冰冰的。看样子，可怕的冬天就要临近了。住在这座山上的人们，从十一月到明年三月，几乎要度过五个月漫长的冬季，他们要为过冬做好准备。

　　寒冷的北风刮了起来。

　　这是十一月中旬，一天早晨，我被奔腾的、潮水般的响声惊醒，原来是风在高空呼啸。时而渐渐趋于平息；时而又狂吹起来，震得门窗咯咯有声。尤其是朝南的窗子，树叶纷纷敲打着窗纸，噼噼啪啪响个不停。千曲川河水，听起来更觉得近在咫尺了。

　　推开窗户，树叶就飞到屋内来。天气晴朗，白云悠悠。屋后小溪岸边的杨柳，在猛烈的北风中披头散发地挺立着。干枯的桑园里，经霜打落的黄叶，左右飞旋。

　　这天，我到学校去，来回都经过车站前的道路，遇见了不少行人。男的戴着丝棉帽，或用绒布裹着头；女人家则扎着毛巾，将两手缩在衣袖里。人们你来我往，流着鼻水，红着眼圈，有的还淌着眼泪。大家面色苍白，唯有两颊、耳朵和鼻尖红彤彤的，屈身俯首，瑟瑟缩缩地赶路。顺风的人，疾步如飞，逆风的人，一步一息，仿佛负着重载一般。

　　土地、岩石、人的肤色，在我的眼里都变得一片灰暗，就连阳光也成灰黄的了。寒风在山野间奔突，呼号，暴烈而又雄壮！所有的树木都被吹得枝叶纷披，根干动摇。那柳树、竹林，更是如野草一般随风俯仰。残留在树梢的柿子也被刮掉了。梅、李、樱、榉、银杏等，一日之间，霜叶尽脱，满地的落叶顺着风势飞舞。霎时，群山的景色顿时变得苍凉而明净了。

暖 雨

进入二月，下起暖雨来了。

这是一个阴霾的日子。空中低浮着灰色的云。打下午起，就下了雨，使人骤然感到一股复苏的暖意。这样的雨，不接连下上几场，是难以治愈我们对春天无比饥渴的强烈感情的。

天上烟雨空濛，我看到行人们打着伞，湿漉漉的马儿从眼前走过。连房檐上那单调的滴水声，听起来也令人心情高兴。

我的一直蜷缩着的身子开始舒展了。我感到说不出的快慰。走到庭院里一看，雨点洒在污秽的积雪上，簌簌有声。再来到屋外一望，残雪都被雨水溶化了，露出了暗灰色的土地。田野渐渐从冬眠中苏醒过来，呈现一副布满砂石和泥土的面容。

蔫黄的竹林，干枯的柿树、李树，以及那些在我视野之内的所有林木，无论是干和枝，全被雨水濡湿了。像刚刚睁开眼睛一般，谁都想用这温暖的春雨洗净自己黝黑而脏污的脸孔。

流水潺潺，鸟雀聒噪，这声音听起来多么舒心！雨下着，这是一场连桑园的桑树根都能滋润到的透雨哩！

冰消雪解，道路泥泞。在冬天悄悄逝去的日子里，最叫人高兴的是那慢慢绽放幼芽的柳枝。穿过树梢，我遥望着黄昏时南国灰色的天空。

入夜，我独自静听着暖雨淅淅沥沥的声响。我感到，春天确乎来临了。

温馨与光明

❖**作者简介：**

室生犀星（1889～1962）

日本诗人、作家。其主要作品有诗集《爱的诗集》、《抒情小集》，散文集《日本的庭园》等。

日本的庭园

纯日本美的最高表现是日本的庭园。远州、梦窗等人均为日本庭园方面的专家。他们在庭园中埋下自己的智慧和学问，并以泥土覆盖其上，以求无闻。那些既非专家又无盛名的市井园工呕心沥血建起的庭园中，也埋藏着知识和学问。

造园和陶器、纺织、绘画、雕刻之间存在的联系已无须赘言，它和烹调、树龄、茶叶及香道等也有联系。作为造园人不能不注意到所有这些联系都埋伏于他们企图通过的捷径上。结果，他们在精神修养方面也要下决心使自己具有人类的最高敏感性、最优秀品质以及高雅情趣。我觉得造园人尚未完成自身建设是不可染指庭园的，未达到把庭园当作女孩游戏用的沙袋儿置于掌中信手把玩、随意赋形之前，至少要把普通人应学的一切学完，方可深入园中。造园人既需钢铁般的意志，又要有诗人看见一枝花也能为之动心的多情善感，至于对庭园作最后润色阶段，即十人搬运的巨石要用一根手指来点正位的时候，也需怀着争取最后胜利的信心，奋力为之。只要深入园中，没有一件事是轻易可成的。在此领域中，最忌讳说："可以了吧！""差不多啦！"他们一旦前进，就决不会后退。造园人的结局多半是倾家荡产，困居陋室。

观赏庭园，选好时间是很重要的。有的庭园一清早看起来美，也有的在下午阳光斜射时显得华丽多彩。因此，观园时要向庭园主人请教何时为佳。如果造次而来，来即求观，那是缺乏教养的表现。这同人家正伏案读书，你不宜而入，并且长坐不走是一样的。多数庭园，上午观看则以十点前为好，因为此时阳光作斜线移动；下午，只要避开太阳直射的一至三点钟，到了红阳夕照时分，不论哪类庭园都很美丽。因此，在这段时间里观赏庭园，可以说是恰当其时，不会有失礼仪。

　　若是夕阳西下、黄昏降临前一个小时左右，观赏暮色中的庭园，则不受春夏秋冬限制，时间效果最好。

　　观看红日西沉、夜幕四合的庭园，以及最后瞧一眼庭园隐没于夜色中的情景，实际是捕捉庭园所持有的精神。然而，这神秘莫测之处，恐怕唯有庭园主人能经常瞥见，他人是无法看到的。当夜深人静，庭园宛如美女梳妆打扮、行将就寝时，园中一切完全融为一体，出现美的一瞬。此刻，花、石、木都将分别同观者的心联系在一起，观赏者如果有所感怀，或者思考人间大事，花、石、木都会为之增美益辉。假如有人瞅着庭园思索有关建筑、造园、知识、睿智以及学问等方面的问题，他会发觉庭园温情地帮助他找到运用知识学问、聪明才智的路子。据说泷田樗荫先生就曾靠在背椅上，凝望庭园，开动脑筋，物色到为其杂志撰文的作家和评论家。不仅如此，建筑家和有志于事业的人，也有时凝望庭园，筹划工作的吧。战国时代，主将们为了运筹明日的战斗，曾是多么需要庭园的宁静啊！

　　我近来觉得，庭园中既不需树木，又不要石块之类。单有篱笆即可，光看篱笆，其他就看泥土或踏脚石，或青苔；树木要尽量减少，石间也要尽可能省去。何故如此？因为篱笆在庭园中最先映入眼帘，而且，不论从前边、后边，还是客厅都看得见。我想若有整齐美观的篱笆墙，光看此墙就足矣！至于狭小市井庭园，我更期望

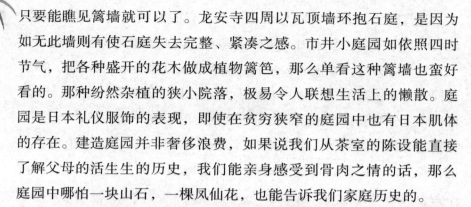

只要能瞧见篱墙就可以了。龙安寺四周以瓦顶墙环抱石庭，是因为如无此墙则有使石庭失去完整、紧凑之感。市井小庭园如依照四时节气，把各种盛开的花木做成植物篱笆，那么单看这种篱墙也蛮好看的。那种纷然杂植的狭小院落，极易令人联想生活上的懒散。庭园是日本礼仪服饰的表现，即使在贫穷狭窄的庭园中也有日本肌体的存在。建造庭园并非奢侈浪费，如果说我们从茶室的陈设能直接了解父母的活生生的历史，我们能亲身感受到骨肉之情的话，那么庭园中哪怕一块山石，一棵凤仙花，也能告诉我们家庭历史的。

多少讲究一点的庭园，只要看见瓦顶墙就蛮好，瞧着瓦与土的墙，能除破人们在造园中的贪多喜杂的成见，但是如果到达这一步，便意味着此人临近寿终之年了。一个人，一生中总是营造华美的庭园，后来又整日观赏瓦与土，而对山石、灯笼及花木之类不再注目，这种人方可称为独立的造园师。假如有这样的人——他不拥有什么院落，从来都在头脑中建造庭园，那么说不定此人最终只观赏篱墙与泥土就十分满足了，那些遍观天下名园的人自然是什么也不需要的！

旅行当中，我在深山的小路上发现一株幼树，枝头结了五、六颗毛粟。我觉得结粟的枝条很美，于是盼望它快些长大，打算回东京那天把它带回去。我每天清晨散步，路过小树旁时，总要瞅上几眼，本来毫无用场的青毛粟竟逐日肥实，仿佛躲在枝条之间悄声诉说爱情的姑娘，眼看那果实丰满起来。

一天清晨，我觉得应该把粟枝剪回来，就带着剪刀去了。可是到那儿一看，毛粟一个不剩，被揪得精光。看样子是小孩干的，起初以为看错枝条，满树寻找，结果还是那一枝。我茫然若失，站在渺无人烟的深山中，咬着嘴唇，怨悔不已。

❖**作者简介：**

水上勉（1919～2004）

日本小说家。其主要作品有长篇小说《雾和影》、《雁寺》、《荒野的墓标》等，以及充满乡土气息的作品《西阵之蝶》、《越前竹偶》等。

🍃京都四季

一

别人不知如何，在我来说，京都这个地方是那么奥妙，真是具有无限的情趣。

一句话，眼下我虽定居东京，只要一想到京都，那里变化多端的种种景色便映入眼帘。比方说，今天已是三月十日了，在这个季节，京都的花背和鞍马那儿，积雪多半还未化，高石阶旁大杉树脚下仍残留着污雪。我心目中的这片景物随即变成了春光明媚的贺茂川的水面。出町上游，两岸铺着沙土的小径映照在阳光下，浮泳在淙淙流水上的赤味鸥如点点纸屑。到了下游，河滩的春景为栉比鳞次的商家后门所取代，再往下就是七条、九条、伏见中书岛、三栖的河口、观月桥了，一直延伸到淀川的新开辟的市街，以及垃圾焚烧场所在的辽阔原野。

不仅如此。在这种种景色的两侧，也就是在我眼帘的边缘上，还出现遥远的西山和近在咫尺的东山，均作墨绿色。这边残雪未消，那边呢，身穿连衣裙的大娘正站在晒台上仰望着天空。在日本的任何地方我也不曾见过风光如此错综复杂的城市。

京都弹丸之地，旅客经常把冬、春、夏截然分开来谈，其实是

温馨与光明

195

分不开的。一入六月，凉糖已经上市，北边的贵船地区，人们还倚着被炉取暖。这小小盆地，除非四下里仔细观察，是不可能透彻地了解季节真正的转移的。

可不是吗！连报春的樱花也是这样。平安神宫和圆山的樱花已经盛开，嵯峨那边就稍迟一些，常照皇寺里的则还含苞未放。红叶也一如樱花，地道的京都迷总是默默地一步一个脚印，尽情寻觅岁月变迁的痕迹。

今年春天，圆山和常照皇寺都挤满了游人，我无心去观赏樱花了。其实我暗自还有个打算，等人们把看花的事忘怀后，我想再去独占一棵老樱，借以享受春光。它不在市中心，却坐落在北方山村的古刹里，地点先秘而不宣。大约到了四月二十七八号，这棵四个成年人才围抱得过来的东坡岸巨树上的樱花就怒放了。

古刹坐落在高岗上。土墙下面有台阶，老树粗大，丫杈扎煞开来，几乎弯到墙头，看上去恰似悬崖。走到石阶尽头，甚至可以把花托到掌心上抚弄。谢天谢地，这里杳无人迹。虽说是一座禅寺，却没人主持，不论和尚还是僧侣都不见一个，有的只是樱花。我很想带上饭团子，坐在花下，一点点地呷着装在暖壶里的酒。再说一遍，关于此刹我得保密，只能告诉你们它是在郊外，乘五十分钟汽车就到了。

五十来户村民，对这座无人主持的无名小刹里长着一棵三百来年的老樱树一事，竟然熟视无睹。时或有个老爷爷牵着小孙孙的手到这里徜徉，在花瓣纷飞中流着鼻涕。为什么没有人郑重其事地来赏花？那是因为古刹的地势居高临下，家家户户都能从后门眺望得到，就无需要爬到坡上来，何况衬托着后山茂密的黛绿色的杉树，远眺之下反倒显出老树的秀拔。村民知道，一旦走上前去看。这就只不过是一棵普普通通的樱树了，没什么了不起。但从远处看来，它太标致了。这个只有一座正殿、无人主持的小刹，也显得那么孤寂高雅，一霎时让人误以为中国四川省深山里的什么寺庙了。但是一旦樱花凋谢，它就又恢复了不值一顾的破庙的本来面目。

二

　　住在京都的人们有自己的风俗习惯。就拿夏天的大文字山来说吧，他们宁可从晒台上去眺望，这样就可以边惦记着厨房里炖着的黑海带和油炸豆腐，边欣赏远山，而用不着大惊小怪地到贺茂川堤坝上或特地去百货大楼开辟的观览场。市民们听任旅客去闹腾，他们自己则边炖菜边收拾佛坛，迎接新佛。为什么偏偏要在那天晚上炖黑海带和油炸豆腐呢？我曾经在庙里呆过，当时每年都约莫在这一天到各个施主家去，对着佛龛念经。但从未见过佛前供着黑海带。旧式的家庭却每逢这个日子就炖黑海带。

　　说起炖菜，记得人们一向是在除夕炖完菜才去参加白术祭的。如今超级市场上连装在塑料袋里的豆子也有得卖，大概自己炖甜八宝的人家也不多了。旧式的家庭一般是从早晨起就用文火炖菜，半夜里炖完后再去参拜祇园神社回来，灶里炖过甜八宝的炭火还没熄灭呢，就拨开余烬来煮糕汤。一句话，旅客们像煞有介事地到各个神社、佛阁去朝香，京都人呢，却好像把这些祭祀与厨房联系在一起。

　　到伏见稻荷神社去朝香后，归途照例要买上土偶，把它供在神龛上来代替牛。到爱宕山去朝香，就买回石桂来供灶神。各个庙里都供奉着圣天像；朝香回来的日子，就吃一种稀奇古怪的油煎豆沙包当点心。

　　我从小是在庙里度过的，对商家内部的情况只能模模糊糊地揣度就是了。我由衷地感到，京都的人们是把节日和祭典溶化到生活中自得其乐的。

　　比方说，饭勺折断了。婆婆不让马上买新的，却吩咐咐说："等末一次天神祭再买吧。"

　　木梳折断了。媳妇就想马上跑到百货店去买，婆婆却又发话了："等白术祭那天，朝香回来在某某店买吧。"

京都人小气，实际上从这里就显示出来了。也许说不上是小气。不买便宜货，却看中了某一家专门做木梳的铺子，这种执拗劲儿真是令人钦佩。也许从江户时代起，不，说不定从老早以前的应仁年间起，这家铺子就专门做木梳或是烤年糕片生意。

你说怀着这样的念头去观察一下好像没有什么特色的街道吧。这里有一座格子门紧闭、房檐低矮的房屋，完全摸不清它是造什么，卖什么的，你姑且停下脚步，挨近门口，朝屋里望望吧。

要么是一个戴夹鼻眼镜的老匠人，正在那里打磨刨子，招牌很不显眼，一般游客漫不经心地就走过去了。其实这些静悄悄的营着业的专门的店铺都有一些老顾经常来上门。不论是木梳、扇子，还是冲澡用的木桶、厨房用具，乃至化妆品，都是在这些阴暗的店铺里凭着手工制造出来的，活计一般是顾客一年前就定下的。

我认为宁静的京都就建立在匠人和主顾之间的这种持续不断的关系上。

三

近来，我不是为了欣赏京都风光，而是为了观察京都市民的生活而前去造访的。到处人山人海，风光已无从欣赏，不如把旅馆房间的窗帘拉开，每天隔着没有窗棂的大玻璃窗朝外面眺望。景色着实是绮丽无比。有的房间，窗户是方形的，北自银阁寺，南至醍醐，整个山容犹如一幅嵌在镜框里的画。清晨霞霭蒙蒙，傍晚夕阳弥漫，东山和比叡山浮现其中。山脚下是一簇簇此起彼伏的民房，东一处西一处还矗立着西式大楼；庙甍耸起，烟雾迷离，色彩瞬息万变。在不同的时刻眺望到的景色，秀美得令人不禁叹为观止。

有一次下了骤雨。银阁寺上端，大文字山那一带，刚才在阳光照耀下，赤松看上去还是橙黄色的，烟雨中乍然变成了乳白色，犹如罩上一层玻璃纸一样，从北边而下，刷地变了颜色。骤雨一扫而过，待南九条山一带针松浓郁的枝干染上色时，银阁寺上空已是阳光灿烂了。

与其说是看画，毋宁说在看什么仙人世界。

傍晚小雨住了，我便踱出旅馆，进入画境。到哪儿去好呢？

这阵子我常到无人问津的某寺院去。这是一座尼姑庵，在诗仙堂附近。是世间罕见的禅尼寺，里边还住着一位云游尼呢。我走进寺院，信步朝山边的墓地走去。墓地并不大，坟上长满了青苔，稀稀落落树着一排坟碣。周围孟宗竹丛生。竹丛中挺立着一棵椿树，春天开满了血红的花，从树下走过时，红花偶尔会吧嗒一声掉在脚下。

这里有个不大不小的池子。周围是古枫，枝条悄悄地伸到池畔。秋季水面柔和如锦缎，但翠绿欲滴的五月才是池水清澈见底的时候。

我一路上读着墓碣上所刻的字。有座坟埋葬的是从遥远的异国到京都大学来专攻文学，客死他乡的青年。按照外国习惯，墓石是斜嵌在地面上的，碑文则出自武者小路实笃先生之手。

鸟儿飞下来了，池畔顿时一片躁聒。夜幕降临了。

我从院心向庵主打声招呼后，才兀自离去。庵主不在时，我只好不辞而别，这个尼姑庵任凭我这个不速之客闯进来，对我保持着不即不离的态度，我就喜欢它这样。关于这座禅尼寺，我也姑隐其名。

简而言之，最近的京都之行，纯粹是孤独的散步而已。本文开头我曾说过，京都这个地方是那么奥妙，真是具有无限的情趣。独自漫步时，我就让这含有无限情趣的京都的风吹拂着自己的肌肤，像傻瓜一般徘徊着。时而撞见一对外国老夫妇，在我面前踯躅而行。我们一前一后地走着，那对老夫妇在毫无特色的马路背阴处止住步子。这当儿，我隔着旅馆的窗户瞥见过的那种骤雨袭来了。我和那对外国人冒雨跑去，找个树阴躲避起来，但我们彼此不曾说过话。

过一会儿雨住了。这次是我领先走的。回头一看，老夫妇手牵手也跟了来。

这对老夫妇究竟是哪国人呢？偏巧我不善于识别外国人的面孔，

搞不清他们是德国人还是美国人。回到东京后，依然想起那几乎连刮来的风都发绿的五月，在下小雨的一片苍绿中遇到的那对外国人。

我随手写了这么一篇京都观感，不知读者看了作何感想？

这座古都只适于茫然地信步溜达。要是碰上了什么中意的东西，也可以不厌其烦地细细端详。这时从地底下还会传来一种奇妙的声音。